TALCEN
CALED

I Fiona, gyda diolch am y
golau dydd i gyhoeddi'r nofel hon,
ac er cof am fy nhad-cu, David Gibbard,
a oedd yn gwybod beth oedd pris glo.

TALCEN CALED

Alun Gibbard

yLolfa

Diolch i'r Lolfa am bob cefnogaeth i gyhoeddi'r nofel hon – i Lefi am fentro ac i olygyddion y wasg, yn enwedig Alun am ei awgrymiadau treiddgar.

Diolch i'r BBC am y cyfle i ohebu ar Streic y Glowyr o'i dechrau i'w diwedd – gwaith a aeth â fi i'r rhan fwyaf o byllau'r De ac a roddodd brofiadau i fi a fydd yn para tra bydda' i.

Ond mae'r diolch pennaf i bob glöwr. Mae arnom ddyled aruthrol iddyn nhw am roi siâp ar y Gymru yr ydym yn byw ynddi heddiw.

Cynllun y clawr: Y Lolfa

Rhif Llyfr Rhyngwladol: 978 1 84771 978 2

Er bod y nofel hon wedi'i seilio ar ddigwyddiadau Streic y Glowyr
1984/85, dychmygol yw'r holl gymeriadau sydd ynddi

Dymuna'r cyhoeddwyr gydnabod cymorth ariannol
Cyngor Llyfrau Cymru

Cyhoeddwyd ac argraffwyd yng Nghymru
ar bapur o goedwigoedd cynaladwy gan
Y Lolfa Cyf., Talybont, Ceredigion SY24 5HE
e-bost ylolfa@ylolfa.com
gwefan www.ylolfa.com
ffôn 01970 832 304
ffacs 01970 832 782

1

Y streic:

Tacsi

G WAWR Y BAE. Golau newydd diwrnod arall mewn llecyn lle roedd y ddinas yn cwrdd â'r môr a'r haul cynnar yn tynnu'r llenni'n ôl yn araf ar ddüwch y nos. Cyfle heddiw i barhau patrwm ddoe mewn darn o dir lle roedd ddoe, heddiw ac yfory yng nghesail ei gilydd. Golau newydd ar hen fyd a fu ar un adeg yn derbyn glo'r Cymoedd i'w gôl cyn ei ddosbarthu i bedwar ban er mwyn bwydo peiriannau stêm. Hen fyd a dderbyniodd longau'n llawn pobl o bell pan nad oedd fawr neb arall eu hangen nhw.

Ond roedd yr hen fyd yn anoddach ac yn anoddach i'w weld o dan wyneb y newid: y fam ddinas yn gorwedd ar ei gwely esgor, ei choesau led y pen ar agor i gyfeiriad y môr a'r geni llafurus, brwnt yn sicr o ddigwydd, er nad oedd neb yn siŵr pryd na beth y byddai'n esgor arno.

Prynwyd ambell hen adeilad gwag, ac roedd cynlluniau i newid ambell warws blawd neu bysgod yn fflatiau er mwyn i ddyheadau'r ifanc gael eu gwireddu. Trefnwyd y byddai eu chwant i fwyta ac yfed yn cael ei ddiwallu heb iddyn nhw orfod gadael cysur eu corlan newydd. Ac roedd llyn ar fin cael ei greu i gyflenwi'r gwaith dur a ddaliai i gynhyrchu, a hwnnw'n ymddangos yn bellach nag yr oedd mewn gwirionedd.

I'r hen fyd newydd yma y daeth Steve ar ddechrau diwrnod arall o waith. Roedd heulwen wan y bore yn taflu ei goleuni ar draws y ddinas yn araf bach a golau'r ceir yn herio'r cysgodion ac yn creu rhai newydd. O'i gwmpas roedd bwrlwm cynyddol, ond wnaeth hynny ddim digon i greu unrhyw ymateb nac adwaith yn ei feddwl, nad oedd yn gwbl effro ar y pryd mewn gwirionedd. Trodd tua'r môr ac at ran o'r ddinas a oedd yn symud i rythm gwahanol i'r rhan ohoni roedd newydd ei gadael er mwyn cyrraedd ei waith. Roedd yn guriad estron, bron.

Fan hyn a fan draw wedi i Steve yrru o dan bont y rheilffordd, roedd ysbryd y dyddiau a fu yn dangos ei ôl. Roedd yn hen gyfarwydd erbyn hyn â gyrru i'r ardal yn ddyddiol a myfyrio ar yr hyn a welai ar y daith i'w waith. Weithiau byddai'n meddwl yn fwriadol ac yn ofalus, dro arall yn rhan o isymwybod oriau effro cynta'r dydd. Ar y strydoedd o'i gwmpas, rhwng heddiw ac yfory, roedd hi'n bosib gweld ddoe. Rhyw awgrym yng nghornel stryd nad oedd pethau wastad wedi bod fel yr oedden nhw nawr. Rhyw adeilad â phlac yn adrodd stori am bwysigrwydd ddoe yn y fan a'r lle; hanner uchaf adeilad yn dweud stori wahanol i'r hanner isaf; rhyw dafarn a oedd yn cynnig adlais gwahanol wrth i chi agor y drws a chamu i mewn iddi.

Roedd yn ddigon ffodus ei fod yn gweithio i Lloyd, person a gofiai dipyn mwy am hanes y lle nag a wnâi e, gan ei fod e a'i deulu yn rhan o'r stori honno. Un peth y byddai Lloyd yn ei grybwyll, yn fwy na dim, wrth adrodd y stori oedd sŵn. Sŵn, iddo fe, oedd un o'r pethau a oedd wedi diffinio'r ardal, a'i gwneud yn ynys fyw rhwng y môr a phont y rheilffordd. Myrdd o synau'n chwyrlïo ac yn sibrwd eu ffyrdd rhwng yr adeiladau, ar hyd y strydoedd, dros bob wal a thrwy bob drws. Sŵn bwrlwm gwaith, seirenau a hwteri'r llongau a babanod yn llefain. Sŵn offerynnau jazz a'r tramiau ar y cledrau dur. Cwestiynau ymwelwyr ac atebion brodorion wrth brynu a gwerthu. Cŵn yn cyfarth a sŵn adeiladu. Y gwynt yn yr hwyliau a chnapiau glo yn cael eu harllwys i mewn i'r stumogau dur. Y parot a'r cocatŵ yn cynnig eu cytgan hwythau i ymadawiad y glo a mynd a dod y bobl. Byddai iaith yr adar yn addysg a'u straeon yn gyfraniad at chwedloniaeth forwrol.

Acenion y plant yn perthyn i bron hanner cant o wledydd gwahanol wedi eu gwnïo i mewn i'r un pishyn sgwâr ar lan y môr: Forugia, Hassan, Ferreira, Erskine, Camilleri, Cordle a Mohammed. Heb anghofio Bassey, wrth gwrs. Y rhai o Cape Verde oedd y cyntaf, medden nhw – Pires, Delgado, Santos, Rodrigues, Silva, Fernandes a'u tebyg. Erbyn hyn, roedd Steve yn gyfarwydd â nhw fel enwau rhai o'r cwsmeriaid cyson y byddai'n eu cludo 'nôl a blaen ar hyd y brifddinas.

Nawr, wrth i'r car ymlwybro ar hyd y briffordd, lle gynt y byddai tai'r adar, y caffis a'r gwestai, rhwng y gorffennol a'r dyfodol roedd rwbel, adfeilion a thir gwastraff. Roedd rwbel lle bu mawredd, rwbel a ddangosai'r chwalu cyn y creu. Adfeilion a ddangosai benodau gwahanol dirywiad a dadfeilio. Dyma'r tir gwastraff a fyddai'n creu realiti newydd. Tir neb ar hyn o bryd, a'r wylan yn unigrwydd yr awyr.

Yng nghanol y baw, wal hir, front. Wal y rheilffordd, a ddiffiniai'r dyheadau. Wal cysylltu. Wal gwahanu. Un byd i'r gorllewin, byd arall i'r dwyrain.

Ond nid wal goncrit â'i sylfeini 'nôl yn niwloedd hanes concwerwyr a gorchfygwyr milwrol oedd wal Caerdydd. Yn hytrach, ffrwyth trafod llond dwrn o ddynion yng nghaban dosbarth cyntaf trên o Lundain. Dim ond nhw oedd yn gwybod beth fyddai'n dod yma. Cyfle i droi diffeithwch y diwydiant trwm yn faes chwarae i'r cyfoethog.

I'r dde, stori arall. Roedd pobl yn dal i fyw yno, a'r ddau dŵr uchel a oedd yn gartref i gannoedd o deuluoedd yn gwthio eu hunain i gymylau'r brifddinas. Cartref ar ben cartref, Babel o bobl estron a fu yno cyn pawb arall. Aelwydydd y rhai a gadwai ar y cyrion. Pobl oedd yn dipyn o boendod i'r rhai a gredai mewn trefn newydd, pobl a chanddyn nhw eu siopau eu hunain. Manteisiodd rhai ar y cyfleoedd i weiddi, i sgriblo eu rhwystredigaeth yn flodeuog ar ambell wal, ffenest a ffens.

Parciodd Steve y car o flaen siop groser nad oedd byth yn cau a cherdded i mewn yn gyflym. Safai rhai yn ddigon dibwrpas gan bwyso ar y silff ffenest yn sgwrsio. Prynu eu neges ac ymadael yn syth a wnâi eraill, a dyna roedd Steve am ei wneud. Sigaréts ac allan. Bodlonai'r gweddill ar holi ei gilydd yng nghanol y ffrwythau a'r llysiau, y *cayenne* a'r mango yn gymysg â'r afalau a'r riwbob. Syllai rhyw ddau neu dri ohonyn nhw dros y ffrwythau at wal y ffin o'u blaenau.

'Beth sy'n digwydd yr ochr arall i'r wal?'

Dyna'r cwestiwn.

'D'yn nhw ddim yn ymwybodol ein bod ni'r ochr yma?'

Dyna'r gofid. Ofn newid. Ofn ansicrwydd. Ofn bygythiad.

Y rhain oedd plant Sgwâr Loudon, Sgwâr Hodges a Stryd Harrowby, lle roedden nhw'n arfer ymgasglu i weld y llongau tywod yn mynd a dod. Plant Tŷ Crichton a *lodgings* hen forwyr, lle byddai'r cyri gorau ar gael yng Nghaerdydd ar unrhyw adeg o'r dydd. Dyna'n unig oedd pwysigrwydd y lle i lawer ar un adeg.

Nawr roedd ochr arall. Ni a nhw, a'r ofn o gael eu dal ar yr ochr anghywir. Rhyw gymysgwch a dryswch fel 'na a lenwai fywyd bob dydd pobl y Bae. Ac i mewn i fyd fel 'na yr âi Steve i'w waith y bore hwnnw, fel bob bore arall. Cyn iddo ddechrau gweithio i Cardiff Cabs, rhyw deirgwaith yn unig roedd e wedi bod i lawr i'r ardal hon. Fyddai pobl lle roedd e'n byw ddim yn mynd o dan y bont. Fyddai fawr neb o unrhyw le yn y ddinas yn croesi o dan y bont. Roedd sïon am yr ardal wedi lledaenu dros y degawdau a phob acen yn rhoi ei blas ei hun i chwedloniaeth y filltir sgwâr. Lledodd trwch o straeon o dan y bont ac ar hyd strydoedd tlawd a chefnog gweddill Caerdydd. Nid straeon o wres a lliw oedden nhw mwyach. Erbyn cyrraedd ochr ucha'r bont, straeon tywyll o ensyniadau a malais oedden nhw, a'r rheiny yn eu tro yn cael eu defnyddio i adeiladu wal ddychmygol rhwng un rhan o'r ddinas a'r gweddill.

Unwaith y deallodd ei gymydog fod Steve yn ystyried ceisio am waith gyda Cardiff Cabs, gwnaeth ei orau i'w berswadio i ailystyried. Rhyfeddai fod Steve yn ystyried gweithio i gwmni oedd â'i swyddfa 'yr ochor arall', yn enwedig fel gyrrwr tacsi. 'Ti ddim yn gwbod beth gallet ti bigo lan, Steve bach, ac nid dim ond sôn am dy gar di ydw i, cofia!' Byddai Steve wedi bod wrth ei fodd yn dadlau ar sail rhyw egwyddor o gydraddoldeb cymdeithasol neu foesol. Ond nid fel 'na roedd hi mewn gwirionedd. Y cyfan oedd ganddo fel ateb oedd bod angen yr arian arno fe a doedd dim ots 'da fe ar ba ochr o'r ddinas y byddai'n ei ennill.

Roedd Diane, gwraig Steve, yn disgwyl eu hail blentyn, felly roedd angen iddo fe wneud yn siŵr bod ganddo sicrwydd o waith. Roedd gyrru tacsi yn cynnig ffordd iddo ennill arian cyson, a phe bai'n fodlon gwneud rhyw shifft fach ychwanegol neu un hirach na'r arfer byddai cyfle iddo ennill mwy o arian. Byddai'r oriau ychwanegol hynny fel arfer yn cyd-fynd â gofynion ysgol eu cyntaf-anedig, Matthew. Doedd Matthew ddim wedi gweld angen dim ers iddo ddod i oleuo eu byd, yn enwedig â Moira, ei fam-gu, mor hael â'i hŵyr cyntaf. Ond doedd dim modd dibynnu ar hynny, wrth gwrs.

Yn ystod y misoedd ers iddo fod wrth ei waith, daethai i hoffi ochr dywyll y ddinas, ei phobl, ei rythm, ei lliw a'i sŵn, hyd yn oed yr aroglau amrywiol. Y bore hwnnw, fel pob bore arall, wrth iddo yrru o'r siop tuag at ei waith, fe basiodd ran o adeilad a oedd yn gartref i sawl cwmni gwahanol. Cyfreithwyr, cymdeithasau gwirfoddol, mudiad a ofalai am gymdeithasau gwirfoddol a meithrinfa lle byddai pobl yn gadael eu plant er mwyn rhoi rhwydd hynt iddyn nhw gael cyfle i wneud mwy o arian. Eto i gyd, fyddai ganddyn nhw ddim digon o amser i wario'r arian hwnnw.

Byddai Steve yn casglu ffeithiau a sylwadau ceiniog a dimai mor fishi ag y byddai'n casglu cwsmeriaid ar ei deithiau. Cofiodd i rywun a eisteddai yng nghefn ei dacsi ac a wyddai bob dim am bethau dibwys ddweud wrtho unwaith bod tad Roald Dahl yn gweithio yn yr adeilad hwnnw. Roedd Harald Dahl yn gweithio i gwmni llongau a fu'n rhan amlwg o greu'r Bae, yn y dyddiau pan oedd Tiger Bay yn berthnasol. Er na thalai Steve fawr o sylw i'r sylwadau sedd gefn, roedd hi'n amlwg eu bod yn aros yn ei feddwl. Gwenodd wrth gofio iddo ailadrodd y stori wrth ei fab, Matthew, pan gerddodd y ddau heibio'r adeilad ar eu ffordd i weld *Charlie and the Chocolate Factory* yn y sinema. Roedd yn amau a gofiai Matthew unrhyw ran o'r stori erbyn iddyn nhw gyrraedd y siop *chips*. Ond, 'na fe, pwy a ŵyr beth sy'n aros yn y cof.

Roedd swyddfa cwmni Cardiff Cabs mewn adeilad a fu'n gartref i gwmni adeiladu llongau yn nyddiau tad Dahl. Parciodd Steve ei gar gerllaw ac atgoffa ei hun y byddai angen iddo adael ei allweddi yn y swyddfa gan y byddai ei wraig yn galw i gasglu'r car yn ystod y dydd. Cerddodd dwy ferch ifanc heibio wrth iddyn nhw brysuro tuag at y fflatiau newydd a oedd yn gasgliad o focsys concrit blinedig ar ochr yr hewl. Fe wnaeth y tri gyfnewid rhyw wên 'bore da' wrth basio'i gilydd y tu fas i adfail tafarn y Freemasons, neu'r 'Bucket of Blood' fel y câi ei galw gan bawb. Roedd y ddwy wedi bod yn nhacsi Steve droeon wrth iddo fynd â nhw, fel arfer gyda'i gilydd, i gartrefi amrywiol ledled y ddinas er mwyn iddyn nhw ofalu am anghenion dynion unig. Adar fel 'na oedd yn y Bae nawr, mewn tacsi, mewn bar ac ar ochr yr hewl.

Roedd gan Steve ddiwrnod hir o'i flaen, pedair awr ar ddeg o leiaf, gan ddibynnu faint fyddai angen lifft, wrth gwrs. Dyna anfantais ei swydd. Collai'r cyfle i fod yng nghwmni ei deulu ar adeg mor bwysig, a hynny am oriau maith. Cyn iddo ddod yn aelod o gymuned gyrwyr tacsi'r ddinas, byddai'n aml yn mynd i nôl Matthew o'r ysgol neu fynd ag e i ryw barti neu'i gilydd. Ni châi'r cyfle i wneud hynny erbyn hyn. A nawr, doedd dim modd iddo rannu cyffro bregus dyddiau olaf beichiogrwydd ei wraig â hi. Prin iawn oedd yr adegau pan allai roi ei law ar fola chwyddedig Diane a theimlo'r bywyd newydd yn cicio neu'n cyffroi. Prin iawn fu'r sgyrsiau rhwng y ddau i gynllunio ar gyfer y bywyd newydd. Wrth iddo gerdded i mewn i swyddfa'r cwmni, cysurodd Steve ei hun ei fod yn gwneud hynny er mwyn ei deulu yn y pen draw.

Roedd pedwar o'r gyrwyr yno o'i flaen: dau'n chwarae cardiau, un yn darllen a'r llall yn edrych drwy gylchgronau er mwyn chwilio am fenywod i'w ddiddanu yng ngwyll ei ddiflastod. Nawr ac yn y man, deuai synau amrywiol o'i gyfeiriad, wrth i'w lygaid ddisgyn ar ffurf a oedd yn ei blesio ac yn bodloni ei chwantau arwynebol.

'Haia, Steve,' meddai un yn ddigon dideimlad.

'Alright,' oedd yr ateb, rywle ar y rhychwant eang rhwng y diffuant a'r byrlymus.

'Galwad i ti,' meddai Lloyd y bòs wrtho, heb drafferthu cydnabod pa adeg o'r dydd oedd hi na phwy oedd yn sefyll o'i flaen. 'Rhyw fenyw ishe mynd i weld ei ffrind yn Cyncoed…'

'Na, ma'n ocê, fe af i lan man'na!' Roedd dyn y cylchgronau wedi bywiogi i gyd. 'Mae'n siwto fi'n deidi!'

'O ie, pam ti moyn mynd lan man'na 'te, boi? Rhywun yn cadw rhywbeth yn dwym i ti?'

'Dream on, boys! Diolch yn fawr, ta ta!'

A mas â fe i'w gar ac i'r pellter a oedd yn gwahodd.

'Debbie a Lynne mas yn hwyr neithiwr,' meddai un o fois y cardiau. 'Newydd weld nhw'n mynd 'nôl gartre. Oes un ohonon ni wedi bod i'w nôl nhw o rywle bore 'ma?'

'Nag oes,' atebodd Lloyd, 'neb. Local job o'dd hi neithiwr 'te, ma'n amlwg. Dim lot o drafaelu a gallu ffito mwy miwn wedyn – os chi'n gweld beth sy 'da fi!'

Trodd i ateb y ffôn gan chwerthin yn braf i'w farf wrth iddo fwynhau ei ffraethineb ei hun.

'Hei, Steve, well i ti gymryd jobyn lan yn Rhymni 'te. Y Rhymni arall, nid Rumney lan yr hewl… Long haul i ti, y diawl lwcus. Helô, Cardiff Cabs…'

Roedd gweddill yr ardal yn dechrau deffro. Clywid cwynfan y minarét yn galw ffyddloniaid crefydd y cilgant i un o'u pum defod ddyddiol, y tu ôl i'r cwmni hurio offer adeiladu a rhyw ganllath o gapel bach y Methodistiaid ar y sgwâr, lle roedd y ffyddloniaid yno'n fwy o genhadon bellach na phetaen nhw mewn tiroedd estron. Roedd y mosg rhyw deirgwaith yn fwy na'r capel bach. Pwy oedd yn cenhadu ble tybed erbyn hyn?

Daeth yn bryd i Steve ddechrau ar ei siwrnai gyntaf. Roedd yn addoli ei gar, Cortina Mk II oren â tho brown, ac roedd ei ddefod ddyddiol ar fin dechrau. Yr un fyddai'r drefn cyn pob shifft, pa amser bynnag o'r dydd fyddai hi. Agorodd fŵt ei gar ac estyn am ei fag. Wedi agor y sip, cydiodd mewn dwster a photel blastig. Chwistrellodd rywfaint o gynnwys y botel ar y car, un rhan ar y tro, a chyda gofal manwl, rhwbiodd yr hylif ar gorff y Cortina, yn yr un modd ag y byddai ambell ŵr yn rhwbio hufen iachus ar groen sych cefn ei wraig cyn mynd i'r gwely. Glanhaodd yr olwynion ac yna symud at y ffenestri. Crafodd ambell wybedyn oddi ar y ffenest flaen a'i sgleinio yn ôl ei arfer. Roedd yn hoffi gweld ei adlewyrchiad ei hun yn y gwydr a byddai ei benelin yn troi ac yn troi nes y byddai hynny'n digwydd. Agorodd ddrws y gyrrwr ac estyn bag plastig a oedd yn hongian dros gefn y sedd er mwyn ei daflu i'r bin y tu allan i'r swyddfa. Sychodd y gorchuddion plastig trwchus yr oedd wedi'u rhoi ar seddi ei dacsi.

O'r sedd flaen, cydiodd mewn pentwr o lyfrau trwsio ceir a'u gosod yn y bŵt gyda'r offer glanhau. Roedd wedi'u prynu mewn siop lyfrau ail-law er mwyn eu rhoi i Matthew, a oedd wedi etifeddu hoffter ei dad o bopeth ar bedair olwyn. Wedi cwblhau ei ddefod, eisteddodd yn ei gar. Cyn tanio'r injan, edrychodd ar lun Matthew ar y dashfwrdd ac un arall ar y *visor* haul o'i flaen: un ohonyn nhw mewn parti pen-blwydd a'r llall ohono'n cydio mewn bat pêl-fas am y tro cyntaf. Dau lun. Dau atgof gwerthfawr.

Pwyllodd er mwyn ystyried y newid a ddeuai i'w fyd. Tybed ai bachgen ynteu ferch y byddai ef a Diane yn ei gael y tro hwn? Roedd cyffro dyfodiad bywyd newydd yn creu ymateb cymysg ynddo. Ar un llaw, roedd yn ysu am gael plentyn arall, a mab yn fwy penodol, pe byddai modd dewis, gan y bydden nhw'n gallu rhannu'r diddordeb mewn ceir. Ond hunanol fyddai hynny, efallai. Roedd y syniad o fabi arall yn codi rhywfaint o ofn arno hefyd, o bryd i'w gilydd, gan fod bywyd yn weddol hamddenol ar hyn o bryd. Doedd fawr ddim o'i le. Fyddai'r newid yn amharu ar y normalrwydd derbyniol roedd e, Diane a Matthew yn ei fwynhau? Roedd ansicrwydd heddiw yn gallu bod yn ddigon i ddisodli disgwyliadau yfory. Er gwaethaf teimladau cynnes y dyheu a'r paratoi, roedd y syniad o fywyd newydd yn gallu ansefydlogi rhywun hefyd.

A'r injan wedi'i thanio, draw ag e i gaffi Brenda cyn dechrau ar ei daith. Byddai'n rhaid cael brechdan cig moch a phaned mewn cwpan blastig cyn dechrau ar unrhyw siwrnai. Fel Lloyd, roedd Brenda yn gymaint rhan o stori Butetown a'r Gyfnewidfa Lo â Shirley Bassey. Rywle 'nôl yn ddoe ei bywyd, daethai un o'r llongau hynny a fyddai'n ymweld â'r ddinas â'i theulu i Gymru, ond ofer fyddai awgrymu ei bod hi, fel pawb arall tebyg iddi, yn perthyn i unrhyw le arall erbyn hyn.

Roedd Bistro Brenda yn ganolfan gymdeithasol o gig a gwaed; roedd yn galon i hanes popeth a fyddai'n digwydd y diwrnod hwnnw ac yn gof i bob hanes a ddigwyddodd cyn hynny. Lle bach ydoedd. Dwy res o fyrddau'n unig, y llieiniau coch a gwyn wedi bod arnyn nhw ers cyn cof y cwsmer hynaf. Roedd y fwydlen, yn ôl y sôn, wedi aros yn ddigyfnewid ers dyddiau'r llongau. Ar y waliau, casgliad hap a damwain o luniau o bob maint, lliw a siâp. Lluniau'n dangos sut roedd yr ardal o gwmpas y bistro wedi newid, a'r bistro'n aros yn ganol llonydd yn nannedd y newidiadau.

Llun o'r Cairo Hotel; ambell lun o garnifal lliwgar; y rhes o dai lle roedd y Tsieineaid yn byw; un o Sgwâr Loudon cyn iddyn nhw fynd â'r rheilins oddi yno adeg y rhyfel. Ac un llun, heb ei fframio a'i ymylon yn ddigon anniben, o fenyw yn ei phedwardegau, yn gymharol dew a heb fawr ddim dannedd ond â gwên lydan, groesawgar yn llenwi ei hwyneb. Roedd hi'n dipyn o gymeriad yn yr ardal a daeth yn enwog yn ystod yr Ail Ryfel Byd. Gorffwys mewn gwely yn un o ystafelloedd y capel Methodistaidd ar y sgwâr roedd hi pan siglwyd yr adeilad gan un o fomiau'r gelyn. Chwythwyd hi, a hithau'n dal yn ei gwely, allan drwy dwll lle bu wal a glaniodd yn ddiseremoni yn ei gwely ar laswellt Sgwâr Loudon, yn un swp anniben. 'Lwcus i hynny ddigwydd wedi iddyn nhw symud y rheilins' oedd sylw bachog ambell un wrth glywed y stori.

Ar y wal hefyd roedd lluniau o'r bandstand yng nghanol y sgwâr, lle deuai cerddorion o wledydd estron amrywiol i chwarae eu hofferynnau i'r dynion yn eu *top hats* a'r menywod yn eu sgertiau llawn a'u hetiau cadarn ond ysgafn. Roedd ambell ffrâm yn dal llun rhyw blentyn neu'i gilydd yn sglefrio ar hyd y strydoedd; lluniau rhai o gymeriadau mwyaf lliwgar yr ardal; ambell aelod o deulu Brenda; lluniau bocsio, lluniau dawnsio, lluniau sêr y ffilmiau.

Yno hefyd roedd arogl. Yn gymysg oll byddai arogl y brecwast traddodiadol, seimllyd, Prydeinig ac aroglau tramor pendant, melys a chryf. Arogl bwydydd anghyfarwydd, ar un adeg beth bynnag, er nad oedden nhw'n estron bellach i Steve. Rhain oedd y bwydydd y dewisodd Brenda eu cynnwys gyda'r ffefrynnau saff. Roedd hi'n adnabyddus am ei chorn-bîff ac wyau, a bellach roedd ei chyri gafr a'r sawsiau amrywiol, tanllyd a greodd i gyd-fynd â'r prydau yn boblogaidd hefyd. Rhoddai'r cyfan arogl unigryw. Arogl hil oedd i'w wynto'n gryf drwy saim y cig moch, yr wyau a'r coffi. Dau ddiwylliant yn uno yn y ffroenau.

'Ble ti'n mynd heddi 'te, gwd boi?'

Roedd brwdfrydedd Brenda, pa amser bynnag o'r dydd fyddai hi a beth bynnag fyddai'r cwestiwn, yn heintus. Amhosib fyddai dweud pa adeg o'r dydd oedd hi yn ôl ei hwyliau.

Cyn iddo gael cyfle i ateb, fe ddaeth 'Haia, Steve! Shwd wyt?' o'r gornel. Dyn o'r Caribî, yn ei chwedegau. Fe oedd yr un fyddai'n glanhau'r bistro. Ond roedd Bob, neu Marley fel y câi ei alw gan y bois lleol, wedi dod i stop ac yn pwyso ar ei frwsh er mwyn holi hynt a helynt y cwsmeriaid. Doedd e ddim yn ddyn a fyddai ar frys i fynd i unman. Yn ei achos e, beth bynnag, doedd arno ddim angen mynd i unrhyw le: 'Fe ddaw'r byd i gyd ata i fan hyn,' oedd ei gredo, 'a beth sydd ddim yn cyrraedd fan hyn, wel, dyw e ddim yn werth 'i ga'l.' Yng nghanol bwrlwm y mynd a'r dod yn y bistro, byddai'n beth digon cyffredin clywed rhyw ebychiad bach o gyfeiriad Bob a'i frwsh nawr ac yn y man, wrth iddo edrych i'r pellter a mwmial rhywbeth tebyg i 'Dw i ddim am fynd i unman heddi 'to' iddo fe'i hunan.

Yr un ateb a gafodd Brenda a'r dyn o'r Caribî gan Steve:

'Iawn, diolch yn fawr. Dal ar dir y byw, chi'n gweld! Fi ar fy ffordd lan i Rhymni, Gwent, i fynd â boi i'r gwaith. Trip bach neis, a newid golygfa o leia.'

'Hei, so ti'n mynd â sgabs 'nôl i ryw bwll glo, wyt ti? Ma'n nhw'n gweud bod lot yn meddwl dechre mynd 'nôl erbyn hyn. 'Na beth wedodd y news bore 'ma, ta beth.'

Doedd hynny ddim wedi croesi meddwl Steve.

'No way, Brenda. Bydde Lloyd wedi gweud os taw dyna beth o'dd o'n fla'n i. Cadwa ginio i fi nes mla'n!'

Cydiodd mewn papur newydd a throi at un o'r byrddau gwag er mwyn eistedd i aros am ei frechdan. Daeth yn amlwg iddo fod y ddau hen foi wrth y bwrdd nesaf ato yng nghanol sgwrs ddigon dwys.

'O'dd e mor dda ag o'dd pawb yn dweud 'te?' oedd y cwestiwn cyntaf a glywodd, a'r holwr yn ddigon amheus yn ôl tôn y cwestiwn. Roedd ei ffrind yn amlwg wedi'i bigo gan y fath amheuaeth ac roedd ei ateb yn dangos hynny.

'Wrth gwrs 'i fod e, y diawl bach hurt! Ble ti'n meddwl ga'th e'r enw Peerless? Achos bo nhw ddim cweit yn siŵr pa mor dda o'dd e, ife? Eh?'

Deallodd Steve yn syth taw am Peerless Jim Driscoll roedden nhw'n siarad. Bocsiwr. Pencampwr lleol. Ac roedd llun ohono ar y wal.

'Rho fe fel hyn.' Roedd yr amddiffyniad yn parhau. ''Sa fe'n fyw y dyddiau 'ma, bydden ni'n galw fe'n superstar. Fi'n gweud wrthot ti'n streit. A lot gwell na hanner y cryts ifanc sy'n ca'l yr enw o fod yn superstars heddi am wneud lot llai!'

Roedd yr amheuwr wedi deall yn ddigon clir nad oedd pwynt herio gallu'r bocsiwr digymar mwyach. Ond roedd ganddo un proc arall ar ôl, wrth i'r te stemio yn y mygiau ar y bwrdd rhyngddyn nhw.

'O'n i'n meddwl nad o'dd pobol rownd ffordd hyn yn lico fe lot, beth bynnag.'

'Ocê, rho'r bocsio ei hunan naill ochr am damed bach. Fe gafodd e a phawb arall o'r teuluoedd dda'th draw o Iwerddon amser caled pan ddethon nhw 'ma gynta, do. Do'dd hi ddim yn rhwydd i bobol rownd ffordd hyn mestyn eu breichiau i'w croesawu. Catholics yn dod i ganol pobol y capel, yn un peth.'

'O, 'na beth o'dd e, ife? O'n i'n meddwl bod y Gwyddelod wedi ypseto pawb am eu bod nhw'n fodlon gweithio shiffts am lai o gyflog na'n bois ni. Hwnna o'dd wedi pechu'r locals, achan, dim byd i neud â mynd i'r capel!'

'O't ti yn ei angladd e? Bues i. Pobol yn cerdded y tu ôl i'r hers am dros filltir drwy'r ddinas, a model o'r sgwâr bocsio ar ben y cerbyd. Dros filltir! Mae'n anodd credu, on'd yw hi?'

'Odi, ma hwnna'n lot o bobol.'

'Ti'n dweud wrtha i. Ma fe'n gweud lot am y bobol rownd ffordd hyn 'fyd.'

Doedd dim llawer gan y llall i'w ddweud erbyn hyn. Cododd ei lygaid 'nôl at y llun fuodd yn destun y sgwrs, gorffen ei de, ffarwelio ac allan ag e i awyr iach y bore.

'Pam ti'n mynd â boi i'r gwaith lan mor bell â 'na 'te, Steve?' Roedd Brenda wedi ailgydio yn ei sgwrs ag e.

Oedodd Steve cyn ateb. Roedd hi wedi gofyn cwestiwn nad oedd e wedi'i ystyried o gwbl ym mhrysurdeb y bore.

'Sa i'n gwbod, a dweud y gwir. Falle ga i wbod gan Lloyd yn y car ar y ffordd lan nawr. Ond hei, arian yw arian a ma digon o ishe hwnna arna i nawr ac un bach arall ar y ffordd.'

Cododd Steve o'i sedd a draw ag e at y cownter i nôl ei fwyd. Doedd dim amser i drafod ymhellach – roedd gwaith y dydd yn galw ar y ddau. Draw â Brenda a chario tri brecwast traddodiadol at y ford yn y gornel. Trodd Steve at y drws a mas â fe, i mewn i'w dacsi ac anelu am Rymni.

2

Y streic:

Crwstyn

I'R GOGLEDD O'R ddinas, rhwng y môr a'r Bannau, roedd marciau'r hen ddiwydiant trwm a roddodd siâp i waith tref Merthyr a'r pentrefi o'i chwmpas i'w gweld yn ddwfn yn y dirwedd. Roedd y crochan yn wag ac yn dawel. Lledaenai'r un golau boreol ag a ddeffrodd Steve a'i gyd-drigolion dinesig dros y dref, a fu ar un adeg yn bair i'r gwreichion a greodd Gaerdydd gyntaf oll. Safai ambell fferm yn y pellter, yn arwydd bod yr hyn a fu yn dal i fodoli. Doedd y llwch ddim wedi tagu pob dafad.

Daeth un fan ar ôl y llall oddi ar y brif hewl rhwng Merthyr a Chaerdydd, lan at y bont ac aros arni er mwyn cael gwared â'i llwyth. I lwydni'r hewl dan draed ac yn nüwch y bore bach, camodd rhes ar ôl rhes o blismyn. Mintai'n rhedeg fel un ac yn ffurfio gosgordd o ben y bont i lawr at yr hewl tuag at waith glo Pantglas ym Merthyr Vale ar bwys Aberfan. Sŵn eu traed yn rhythm cyson, bygythiol, milwrol bron, a'r olygfa yn un môr o las amhersonol yn y gwyll. Roedd cannoedd ohonyn nhw a chŵn yn cyfarth fan hyn a fan draw yn y cynnwrf. Ond os oedden nhw'n symud fel un ac yn sefyll fel un, doedd dim undod yn eu hagwedd at y sefyllfa.

'Alla i ddim credu bo fi fan hyn,' sibrydodd un wrth y nesaf ato, a golwg digon anesmwyth ac ofnus yn ei lygaid.

'Na fi, galla i weud wrtho ti. Sdim cliw 'da ni pwy all ddod 'ma bore 'ma a sa i'n gwbod beth wna i os gwela i un neu ddou o'r bois dw i'n nabod.'

'O' nhw'n gweud yn y Workies neithiwr bod rhai o'r bois rygbi'n meddwl dod 'ma heddi. Os yw 'na'n wir, bydd hi'n eitha tyff dod wyneb yn wyneb â nhw, galla i—'

'Caewch hi, bois,' atebodd y trydydd wrth eu hochr yn lled fygythiol. 'Ni 'ma i wneud job. A gan fod rhai o'r rhain yn ddigon o ddynion i fynd 'nôl i'r gwaith, wel, rhaid i ni edrych ar eu hôl. Peidiwch â mynd yn sofft nawr, bois. Rhowch i bawb beth ma nhw'n haeddu.'

Caeodd y ddau arall eu cegau a syrthio i ryw dawelwch anfodlon, cydymffurfiol. Doedd e ddim mor syml â hynny, ond ar y llaw arall, roedd yr hyn a ddywedodd eu cyfaill yn iawn hefyd.

Ar ochr y pafin wrth y brif fynedfa i'r gwaith glo, roedd yna grŵp arall o bobl. Ambell un yn tynnu'n drwm ar ei sigarét. Un neu ddau arall yn edrych allan o gornel eu llygaid i'r chwith ac i'r dde yn slei bach. Y lleill yn cael hwyl gyda'i gilydd ac yn ceisio dyfalu beth gallen nhw ddisgwyl ei wynebu yn ystod yr oriau nesaf.

'Sai'n credu bydd lot yn mynd 'nôl heddi. Smo nhw'r teip rywsut,' meddai un o fois y papur newydd.

'Gormod fel defaid, ti'n meddwl, diniwed a thwp a gorffod cael eu harwain bobman!'

'Bydde hi'n stori wahanol 'sa ni draw yn Oakvale neu'r Marine Towers nawr,' cynigiodd un o'r bois teledu. ''Na ble bydd clatsio. Sdim ishe esgus i gwmpo mas man'na. Glywes di beth wedodd un ohonyn nhw wrth Rebecca o'dd yn riporto i'r newyddion Saesneg? Ro'dd pawb yn cwyno pa mor oer oedd hi. Wir, ro'dd rhai'n cael ffeit peli eira wrth ochr y pwll, ro'dd hi mor oer â 'na. Beth bynnag, wedodd Rebecca ei bod hi bron â sythu a 'ma un ohonyn nhw'n troi ati hi a dweud, "I'm sure your knickers are big enough to keep you warm!" Y diawl! Cafodd un arall o'r reporters teledu amser caled uffernol 'fyd oherwydd y ffordd ro'dd hi wedi gwisgo. "This is a picket line, love! Why have you come dressed as a tart?" Sa i'n credu gelet ti 'na rownd ffordd hyn.'

'Er, ma rhaid gweud, bydde fe'n neis gweld rhywun sy'n edrych tamed bach yn well na'r reporters ni'n ca'l 'ma!'

Chwarddodd y lleill, ac er eu bod yn ymwybodol na ddylen nhw ddangos unrhyw gymeradwyaeth i'r fath agwedd gan eu cymrodyr, roedden nhw hefyd yn gweld y stori'n ddigon doniol.

Roedd un o'r dynion radio o gwmni gwahanol i'r un oedd newydd ddatgan ei farn yn cerdded ar hyd y pafin ac yn edrych nawr ac yn y man lan yr hewl fach i'r cyfeiriad arall o ble ddaeth y plismyn.

'Tybed a ddaw'r diawl?' meddai dan ei anadl. Roedd yn dibynnu ar yr unigolyn hwn i ddod i'r gwaith er mwyn cael stori nad oedd gan y lleill. Byw mewn gobaith. Gobaith egsgliwsif.

Llusgai'r amser. Safai'r plismyn yn anghyfforddus yn eu lle. Roedd bois y cyfryngau yn hofran yn un grŵp anniben, anffurfiol ar gornel y pafin yr ochr draw iddyn nhw. Mentrodd ambell un symud o un garfan i'r llall i gael sgwrs, rhyw 'shwd-mae-heddi' rywle rhwng clebran a siarad wast.

Ac yna, o flaen gât y gwaith, grŵp arall. Rhes igam-ogam o ddynion yn cario baneri a bygythiadau, eu rhethreg yn rhwygo'r awyr gynnar, eu hegwyddorion yn bygwth llonyddwch y bore. Glowyr yn cario baneri: 'Naw mis mas o waith', 'Naw mis ar streic', naw mis hesb. Ond roedd yna grac yn eu gwead. Roedd rhai, fan hyn a fan draw, wedi dechrau mynd 'nôl i'w gwaith, wedi dewis croesi'r llinell biced a mynd heibio'u cyd-weithwyr a oedd yn dal i gadw'r ffydd, er bod y fflam yn llosgi'n fain iawn bellach. Doedd dim croeso i'r rhai a âi 'nôl i'w gwaith tra bod streic. Un enw oedd i'r math o löwr a wnâi hynny: sgab.

Roedd y si wedi mynd ar led fod yna rai yn debygol o fynd 'nôl i bwll Pantglas y bore hwnnw. Am y tro cyntaf.

Trefnwyd croeso ar eu cyfer gan y glowyr, y plismyn, y

cyfryngau. Police, Press, Pickets – y Three Ps, fel y byddai pawb yn eu galw, gydag adlais a swniai'n debyg i enw hen dafarn siabi yn y Cymoedd. Doedd dim un o'r tair carfan yn sicr beth i'w ddisgwyl, y tair yn un yn eu gwahaniaeth a'r rhan fwyaf o bobl o fewn un grŵp yn adnabod nifer o fewn y carfanau eraill.

Mae'r byd yn fach. Cofia i bwy ti'n perthyn. Tensiwn y cyfarwydd.

Y si oedd y byddai'r dynion a oedd am dorri'r streic yn mynd 'nôl i'w gwaith tua hanner awr wedi saith y bore. Roedd hi'n bum munud ar hugain wedi a dim sôn am neb eto.

'Bydd yn rhaid i ni ymateb yn eitha clou pan ddaw'r bws,' meddai un o'r newyddiadurwyr. 'Sdim un ffordd ma nhw'n mynd i adael i'r bws stopio wrth y gât, ac ar y funud ola bydd y cwbwl yn digwydd, ma'n siŵr 'da fi.'

'Gallen ni ga'l tamed bach o sbort 'ma heddi 'te. Y cops ishe'r bws, neu'r car, neu beth bynnag ddaw bore 'ma i fynd mewn mor glou â phosib a'r picets am ei stopio fe'n llwyr!'

Roedd un o fois eraill y newyddion wedi deffro'n sydyn wrth feddwl am y posibilrwydd y byddai rhywbeth yn digwydd y bore hwnnw, a gwell fyth pe byddai'n wrthdaro corfforol.

Closiodd y plismyn at ei gilydd – y wal las yn cau'n dynnach. Yn barod. Rhag ofn. Disgwyliai'r gohebwyr yn eiddgar i gofnodi beth bynnag fyddai'n digwydd. Roedd y glowyr oedd ar streic yn sicr yn barod i gynnal yr achos yn y bore bach.

Wrth ddisgwyl a disgwyl, ac wrth i'r amser lusgo, dechreuodd pawb anesmwytho. Traed yn symud yn yr unfan, ym mhob carfan. Breichiau'n symud i gadw'n dwym a churo dwylo'i gilydd am yr un rheswm. Ocheneidiau. Ebychiadau achlysurol. Cwestiynau diamynedd. Cwestiynau gwag. Y cloc yn troi heibio hanner awr wedi saith, yna chwarter i wyth, ond dal dim sôn am neb. Ymateb yn wahanol a wnâi pob carfan. Doedd yr heddlu ddim yn gwybod pryd y dylen nhw adael ac roedd bois y newyddion yn hynod siomedig nad oedd hi'n ymddangos bellach fel petai gwrthdaro yn debygol o ddigwydd, a hynny ar ôl iddyn nhw godi mor gynnar! Doedd y picedwyr ddim yn bwriadu symud, beth bynnag.

Erbyn wyth o'r gloch roedd hi'n glir nad oedd bradwr ar ei ffordd i'r gwaith, nad oedd stori, na fyddai digwyddiad. Gwnaeth arweinydd y plismyn ei benderfyniad a galwyd ar y faniau i'w rhyddhau o'u dyletswyddau yno. Aeth y picedwyr trwy gatiau'r pwll ar eu hunion i hen adeilad brics coch eu cyfrinfa. Dilynodd y rhan fwyaf o'r gohebwyr hwy i wres croesawgar yr adeilad, lle byddai trafod brwd ynglŷn â beth allai fod wedi digwydd dros baned. Pawb ond un.

Trodd Dylan yn ôl at ei gar a mynd am y dref. Roedd y newyddion ar y radio yn dweud wrtho bod 'na lowyr fan hyn a fan draw wedi dechrau mynd yn ôl i'w gwaith mewn ambell bwll y bore hwnnw, a hynny am y tro cyntaf yn stori'r streic fawr. Gwneud pethau'n waeth wnaeth hynny iddo fe, gan y byddai ambell ohebydd arall, mwy na thebyg, wedi llwyddo lle roedd e wedi methu. Trodd y radio'n ddiamynedd at Radio 1 er mwyn clywed cerddoriaeth yn lle'r un hen newyddion. Wedi teithio trwy ddryswch rhai o lonydd y cyrion, fe aeth yn syth at stad o dai gerllaw'r orsaf fechan.

'Ble ma'r diawl?' gofynnodd iddo'i hun am y canfed tro y bore hwnnw, ac erbyn hyn roedd yn sefyll y tu allan i gartre'r un a oedd yn bwriadu bod yn sgab. Curodd ar ddrws Tony Crwstyn – ie, glöwr oedd e, a gawsai'r fath enw wedi iddo gael ei ddal yn dwyn bara o siop y pentref. Dim ateb. Curo eto. Dim ateb.

Mentrodd rownd y bac, ond dim ymateb. 'Diawl,' meddai Dylan wrth gicio'r gât ar y ffordd mas.

Aeth i lawr i gaffi Aldo ar y sgwâr. Roedd ganddo drefniant gydag Aldo a'i wraig i ddefnyddio ffôn y caffi fel y gallai drosglwyddo ei adroddiadau newyddion. Byddai hyn yn osgoi'r frwydr rhwng pedwar neu bump o newyddiadurwyr yn ymladd am yr un ffôn, neu'n mynd ar ras wyllt tuag at yr un ciosg i anfon adroddiad.

Roedd Dylan wedi trefnu y byddai Aldo'n cael rhyw gildwrn am ei wasanaeth ac o ganlyniad byddai'n cael mwy nag un baned am ddim bob dydd. Roedd pawb yn hapus!

Er, doedd Dylan ddim yn arbennig o hapus y diwrnod hwnnw, yn enwedig pan aeth ati i ffonio'r ystafell newyddion i roi gwybod iddyn nhw.

'Sori, troiodd e ddim lan... Ie, fi'n gwbod 'i fod e wedi addo, ond ddoe oedd hynny... Sori, ond fel 'na ma pethe.'

Daliodd y ffôn led braich er mwyn osgoi'r rhegfeydd. Wrth glywed y sŵn, trodd pobl y caffi i edrych arno fesul un. Rhyw droi gydag awgrym o chwilfrydedd, setlo'u golwg arno ar amrantiad cyn troi 'nôl at eu newyddion a'u busnes dyddiol eu hunain.

'Beth?'

Bu'n rhaid i'r llais ben arall y ffôn ailadrodd ei neges.

'Ma ishe i ti fynd i bwll Pentre'r Mynydd yn y Gorllewin y peth cynta fory, ar gyfer y shifft fore, wedyn 'nôl i Pantglas ar gyfer y shifft hwyrach. Jyst meddylia am y mileage, Dyl! Gei di swm bach teidi am ddiwrnod fel'na! A galli di drio Tony Crwstyn unwaith 'to a gobeithio 'nei di lwyddo tro 'ma, 'na i gyd weda i!'

'Ocê,' meddai, a rhoi'r ffôn 'nôl yn ei grud.

Aeth at y cownter ac archebu brecwast llawn.

'Chi'n neud chips 'da'r brecwast?'

'Jiw, ti'n starfo heddi! Ti wedi codi'n gynt ne' beth? Ne' ody e'n ddiwrnod caled i ti? Dim ond bo ti'n fodlon aros, fe wna i chips i ti os ti moyn... Cofia, wneiff e ddim lles i dy ffigyr di!'

Roedd Maria wedi dechrau dod yn lled hoff ohono, er bod ganddo wyneb a oedd yn dangos sinigiaeth ddidostur yr hac. Doedd Dylan ddim wedi meddwl am ei ffigwr ers blynyddoedd. Doedd e ddim yn meddwl am ffigyrau pobl eraill gymaint ag y byddai chwaith. Edrychodd o'i gwmpas yn araf. Na, doedd dim llawer i dynnu ei sylw yng nghaffi Aldo.

Digon o cyrfs ond ddim i gyd yn y lle iawn, meddyliodd.

Palodd i mewn i'w frecwast wrth ddarllen y *Western Mail*, gan feddwl am bopeth a dim byd ar yr un pryd. Darllenodd straeon am lowyr yn ystyried mynd 'nôl i'w gwaith, ond doedd dim llawer o frwdfrydedd yn ei ddarllen. Roedd y streic wedi llusgo am gyfnod rhy hir i'r glowyr, ac erbyn hyn roedd e wedi dechrau blino arni hefyd. Bu misoedd Medi a Hydref yn hir ac undonog. Sôn am faint o lorïau oedd wedi cario glo i weithfeydd dur Port Talbot a Llanwern. Glo brwnt. Protestiadau fan hyn a fan draw, cynadleddau undydd i drafod pob manylyn diflas nad oedd neb yn eu deall am y streic. Beth oedd 'atafaelu' beth bynnag? Pwy oedd yn deall y gair? Sôn am fudiadau'n ffurfio i gefnogi'r glowyr, a rhai mor ymddangosiadol amherthnasol â Lesbians Against Pit Closures. Shwd oedd cadw stori'n fyw am gyfnod mor hir, meddyliodd Dylan dros ei gig moch a'i wy. Roedd yr hen reol am chwilio am stori newydd i roi sylw iddi wedi naw niwrnod wedi hen ddiflannu. Teimlai ei fod yn brwydro yn erbyn yr anochel, yn rhygnu byw diwrnodau ailadroddus. Ddoe yr un peth â heddiw, ac yfory i ddilyn. Diolch byth fod yna lowyr oedd wedi dewis dechrau mynd 'nôl i'r gwaith.

O leiaf roedd yna batrwm newydd nawr. Cyffro. Tensiwn. Cwympo mas. Dechrau ar ddiwedd y ddrama. A dyna oedd penawdau heddiw mewn print o'i flaen. Ystadegau'r dychweledigion. Sloganau newydd: 'Y gelyn oddi mewn', 'Gwladwriaeth yn Ne America', 'Rheolau'r dorf'. Rhethreg ping-pong maes y gad.

Gwelodd Dylan stori am gar gohebydd wedi'i droi ben i waered ar y llinell biced. Mewn pwll glo arall, roedd bws mini wedi cael ei droi ar ei ochr. Ond tipyn o sioc, a siom mae'n siŵr, oedd deall bod y bws yn wag, a dim un sgab ynddo. Doedd Dylan ddim am wybod mwy – roedd e wedi cael digon. Trodd at y dudalen gefn a throi ei feddwl at y trafod diflino ynglŷn â gêm Cymru yn erbyn Awstralia yn ddiweddarach y mis hwnnw. Darllenodd am dactegau brwydr o fath gwahanol, yr un mor agos at galon y Cymry.

Cerddodd Maria heibio ar ei ffordd at y bwrdd y tu ôl iddo, a throdd Dylan i siarad â hi.

'Ti 'di bod yn fishi bore 'ma 'te, Maria? Ma golwg wedi blino arnot ti'n barod.'

'Mae 'di bod fel ffair ma heddi. Mwy o bobol mas amser hyn nag arfer am ryw reswm,' meddai wrth edrych yn awgrymog ar Dylan. 'Wi 'di bod mor fishi, ma 'nghoese i'n dweud straeon wrtha i, cred ti fi.'

Ac i ffwrdd â hi i gornel y caffi, lle roedd yna hen ddyn yn eistedd. Roedd wedi bod yno ers rhyw awr bellach, ac wedi gorffen ei goffi ers amser hir.

'Ca'l rest bach y'ch chi?' gofynnodd Maria – hanner consýrn a hanner busnesa.

'Odw,' oedd yr ateb gafodd hi.

'Aros i'r glaw stopo, ife?' dyfalbarhaodd Maria'n gwrtais a gwresog.

'Ma rheumatism 'da fi,' meddai'r hen ŵr yn ffeithiol swta, gan godi ei ben i edrych i'w llygaid.

'Wel, dyw hwnna ddim yn gwmni da, ody fe?' cynigiodd hithau fel sylw.

'Dw i'n 92, chi'n gwbod.'

Yn raddol, trodd ambell un o gwsmeriaid eraill y caffi i edrych arno er mwyn ceisio penderfynu a oedd yr hyn a glywson nhw'n wir. Yn ôl ymateb yr wynebau, y farn oedd nad edrychai mor hen â hynny mewn gwirionedd.

'Dala'r bws 'ma nethoch chi, ife?' Doedd Maria ddim am

ollwng gafael. Roedd rhywbeth ynglŷn â'r dyn yma'n cydio ynddi bob tro roedd e'n galw i mewn am goffi. Doedd hi ddim yn gallu esbonio'r peth.

'Ma'r bws am ddim,' oedd yr ateb.

Trodd y dyn i edrych i lawr ar ei gwpan wag. Edrychodd o gwmpas y caffi ac yna i lawr at ei fysedd drachefn. Cyffyrddai nawr ac yn y man â'i gap, a oedd wedi'i blygu'n deidi ar y ford o'i flaen. Roedd hyn fel petai'n symbyliad iddo fynd ar daith fer yn ei feddwl, i fan pell ond diogel. Y man diogel a oedd yn bwynt sefydlog yng nghanol ansefydlogrwydd. Crwydrai ei feddyliau o'r caffi o bryd i'w gilydd ac fe ddeuai pellter i'w lygaid pan fyddai hynny'n digwydd. Gwelodd Maria y mynd a'r dod yn ddigon clir yn ei lygaid, a gwelodd fod yr hen ŵr, drwy'r cyfan, yn mwynhau yr un peth roedd ganddo fwy ohono na dim arall. Amser.

Trodd hithau'n ôl at fusnes y bore a dechrau gweini ar bawb arall, ei choesau'n parhau â'u chwedlau. Daeth cwsmeriaid newydd, diflannodd eraill.

'O, mae'n oer uffernol heddi,' cwynodd un ar ei ffordd i mewn, allan o'r elfennau i gysur y caffi. 'Mae'n rhy oer i'r porfa dyfu!' ychwanegodd, cyn gostwng ei phwysau nid ansylweddol ar un o'r cadeiriau wrth ymyl y ffenest. Yna, i mewn â'i thrwyn i'r fwydlen.

Yng nghanol y prysurdeb, trodd Maria yn ôl at yr hen ddyn.

'Coffi arall? Sori, alla i ddim cynnig dim byd cryfach i chi. Chi'n lico dropyn bach? Ife 'na pam 'ych chi wedi para mor dda?'

'Sa i'n twtsha'r stwff rhagor. Ma dwy botelaid 'da fi yn y tŷ – brandi a whisgi. Sa i wedi'u hagor nhw 'to. Gall pawb ga'l llwnc bach ar ddiwrnod 'yn angladd i, falle.'

'Nid 'na'ch sicret chi 'te?' ceisiodd Maria barhau'r sgwrs.

'Nage,' meddai'r hen ddyn, cyn codi'n araf ond yn benderfynol. Wrth iddo gerdded heibio pâr ifanc ar y ffordd allan, dywedodd un gair yn unig cyn mynd i ganol y glaw i ddal y bws rhad ac am ddim nesaf: 'Rheumatism.'

'Take it easy heddi nawr, Maria,' meddai Dylan wrth dalu am ei frecwast. 'Wela i ti bore fory falle. A watsha'r coese 'na!'

'Fi'n ffili aros i gael 'y nhraed 'nôl ar y *terra cotta*, fi'n gweud wrthot ti!'

Gyda gwên ar ei wyneb, a'r hen ŵr a'r brecwast yn angof, aeth Dylan mas o'r caffi ac i'r siop i brynu cylchgrawn ac ambell far o siocled i'w gadw i fynd yn ystod y dydd, gan y byddai cyfle i gael pryd o fwyd go iawn yn beth digon prin. A'i luniaeth yn saff yn silff drws y car, yn ôl ag e tuag at dŷ Tony Crwstyn. Roedd cynnwrf caffi Aldo wedi ei ysbrydoli ymhellach a rhoi rhyw hwb newydd iddo fentro lle roedd wedi methu eisoes. Curodd yn galed ar y drws. Dim ymateb unwaith eto. Trio eto, ond yr un oedd y canlyniad.

Wrth iddo adael y tŷ, yn barod unwaith eto i ddiawlio'r gât, clywodd sŵn ffenest yn agor. Trodd rownd a gweld rhan uchaf Tony yn hongian mas drwy ffenest y llofft, dim pilyn amdano a'r cnawd a'r blew yn pwyso'n drwm ar y silff ffenest.

'Be ti moyn, y pwrs?' gwaeddodd ar Dylan.

'Ble o't ti'r bore 'ma, y diawl? 'Nes di addo bod 'na. O'dd deal 'da ni a ti'n rhy blydi bwdwr i godi mas o'r gwely 'na.'

'Ti'n rong, ti'n gweld, gwd boi. Codes i'r bore 'ma, gwisgo a cherdded o fan hyn reit lan i Pantglas...'

'Wel, 'na beth od. Ro'dd llond ca' o bobol 'na, police, y wasg a'r pickets, a welodd dim un ohonon ni ti!'

'Weles i chi i gyd. Cerddes i lan dros y top, trwy'r caeau, ac o ymyl y goedwig weles i faint o'dd 'na. A do, ocê, ges i ofon. Ro'dd cannoedd o' chi 'na a dim ond fi ar ben 'yn hunan. Ro'dd e'n too much, achan. Troies i 'nôl a dod 'nôl i'r gwely. Ges i frecwast hwyaden yn lle 'ny – jwmp a glased o ddŵr!'

'Ti'n mynd fory?' meddai Dylan, gan geisio cuddio'r ffaith fod sylw olaf Tony wedi gwneud iddo fod eisiau chwerthin.

'Gewn ni weld. Ma meeting heno. Mae'n edrych yn debyg bod mwy ohonon ni'n meddwl mynd 'nôl nawr, so falle bydd mwy o siawns.'

'Grêt. Os gelli di, ffona fi heno, fel bo syniad 'da fi beth sy'n digwydd. Fel arall, wela i ti yn y bore! Cofia, ti 'di addo dweud dy stori wrtha i gynta. So 'na wedi newid, gobeitho.'

'Ocê. Ti gaiff y stori, paid â becs. Galla i fynd nawr? Ma Linda'n galw!'

Caeodd y ffenest a 'nôl â fe i wres yr aelwyd.

Wrth gerdded lawr y stryd at ei gar, heibio'r plant yn chwarae pêl-droed ar yr hewl, gwelodd Dylan hen ddyn y caffi yn sefyll ar riniog ei gartref.

'Shwd mae?' gwaeddodd draw ato, heb fod yn siŵr a fyddai'n ei gofio ai peidio.

Cododd yr hen ŵr ei law i gyfeiriad Dylan ond ni ddilynodd y llygaid.

'Dethoch chi gartre'n saff 'te? Neis mynd i'r caffi, siŵr o fod. Byrhau'r dydd i chi, on'd yw e?'

Ddaeth dim ateb a throdd Dylan at ei gar i'w ddatgloi. Cyn iddo blygu i fynd i mewn, clywodd hen ŵr y caffi yn dechrau siarad.

''Yn ni'r hen bobol yn well off na chi'r youngsters, ti'n gwbod.'

Stopiodd Dylan a throi 'nôl i'w wynebu, yn awyddus i gael gwybod beth oedd y tu ôl i osodiad mor bendant.

'Ma heddi 'da ni i'w fwynhau a digon o ddyddie ddoe i fwydo oddi arnyn nhw a llai fyth o fory i fecso amdanyn nhw.'

'Sa i wedi meddwl amdano fe fel 'na o'r blaen.'

Ond cyn i Dylan allu ymhelaethu ar ei ymateb, roedd rhagor i ddod.

'Sdim gorffennol 'da chi youngsters.'

'Nag o's, ond ma heddi 'da ni i gyd. Chi'n gweld, 'na beth sy'n bwysig. Byw er mwyn heddi.'

'O's e nawr 'te? Pedair awr ar hugain. Wyth awr o gwsg, so 'na un awr ar bymtheg ar ôl. Wyth awr o waith, rhyw awr yn cyrraedd yno a 'nôl. Ma saith awr yn weddill. Rhyw awr yn byta a phump awr o flaen y bocs a wedyn ma siopa – jiw, 'ych chi'n lwcus os cewch chi hanner awr i fyw mewn diwrnod.'

Trodd yn ôl i mewn i'w gartref trwy'r drws ffrynt, gan adael Dylan yn pendroni mathemateg ei fodolaeth.

3

Y streic:
Dau bwll

ROEDD DYLAN YN ddigon ansicr y bore wedyn wrth iddo anelu trwyn ei gar tuag at goridor yr M4 ac at bwll Pentre'r Mynydd yn y Gorllewin. Gwyddai pa fath o olygfa gyffredinol fyddai'n ei ddisgwyl, ac wrth iddo agosáu at y pwll a pharcio'i gar wrth ymyl stad o dai newydd ger ceg mynedfa'r pwll, cadarnhawyd ei feddyliau. O'i amgylch, gwelai yr un olygfa â'r un a welsai ddoe rhyw ddeugain milltir i'r dwyrain, a'r un oerni cynnar i'w groesawu. Ond doedd e ddim yn siŵr beth yn union fyddai'n digwydd, os digwyddai unrhyw beth.

'Wel, o leia ma pawb arall yn disgwyl i rywbeth ddigwydd heddi hefyd,' dywedodd yn dawel wrtho'i hun, gan edrych o'i gwmpas a gweld llawer mwy o bobl yno. Mwy o bicedwyr yn sefyll rownd mwy o dân.

Digon anesmwyth oedd yr heddlu. Doedd dim digon o sicrwydd bod unrhyw beth yn mynd i ddigwydd i gyfiawnhau bod mas mor gynnar mewn lle mor ddienaid â llinell biced yng nghanol argyfwng. Roedd y picedwyr yn sefyllian o gwmpas tanllwyth y drwm olew a fflam y frwydr yn dal i losgi yn llygaid ifanc y bore.

Rhwng yr hewl fawr a'r pwll roedd carfan ychwanegol yn dechrau ymgasglu. Yn un ac yn ddau, daeth rhai o bobl y pentrefi cyfagos i ddangos eu cefnogaeth. Heb os, ac ystyried natur yr ardal, mae'n siŵr bod yna elfen o fusnesa yn perthyn i bresenoldeb un neu ddau ohonyn nhw hefyd. Pwy oedd wedi torri'r streic a phwy oedd yn dal mas? Doedd bosib bod pob un ohonyn nhw wedi ystyried o ddifri beth oedd eu hymateb i'r streic roedden nhw yn ei chanol. Dangos undod, ie, ond ddim cweit yn siŵr pam.

A Dylan? Edrych o bell wnâi e, trwy ffenest y car. Wedi ffonio dyfal, roedd wedi cael caniatâd i fynd ar y bws a fyddai'n cario'r sgabs i'r pwll y diwrnod hwnnw. Wedi iddo weld digon i ddeall beth fyddai'n digwydd, fe anelodd drwyn y car 'nôl at y pentref agosaf. Roedd bysedd y gaeaf wedi cydio yn yr elfennau yn ddigon tyn y noson honno a'r dynion yng ngharfanau eu hargyhoeddiadau amrywiol yn gorfod cadw'n glòs at ei gilydd. Roedd barrug dan draed ac oerni yn cnoi'n drwch o'u cwmpas. Llosgai tân grymus yn y drwm olew o flaen y picedwyr ac, yn naturiol ddigon, yn eu hymyl nhw y dewisodd bois y cyfryngau sefyll yn hytrach na gyda'r heddlu yn eu llinell syth o gotiau trwchus a botymau arian.

O dan yr wyneb y cuddiai'r tensiwn yr adeg hon o'r bore. Tensiwn yn deillio o'u hansicrwydd wrth i'w cydwybod eu pigo. Tensiwn o ran argyhoeddiad a dyletswydd. Lledaenai'r oerni fel blanced dros bopeth, yn rheoli ac yn bygwth llethu. Rhyw filltir a hanner i lawr yr hewl, roedd bws yn aros ar y sgwâr ar bwys y caffi. Yn ara deg, mentrodd un neu ddau fynd arno. Llif araf dynion yn ffoi 'nôl i'r gwaith rhag gwragedd a oedd wedi danto heb gyflog, heb arian a heb fwyd i'w roi yng nghegau eu plant bychain. Dyna'r rheswm, yn ôl y siarad ar y pafin a drodd yn ddehongliad mewn print ac ar y tonfeddi. A'r dehongliad hwnnw yn ei dro yn troi'n symbyliad i eraill weithredu.

Pwysodd Dylan yn erbyn postyn, tanio matsien i gynnau ei sigarét a dechrau pwyso a mesur y rhesymau pam y byddai rhai dynion yn dewis torri streic. Pa reswm, tybed, oedd yn ddigon i roi'r dynion ar drugaredd y bore cynnar i wynebu'r ansicrwydd a'r ofn? Pwy fyddai ar y bws y bore hwnnw, tybed?

Dynion egwyddorol ag asgwrn cefen? Ynteu ai dynion oedd yno drwy berswâd eu gwragedd? Dynion oedd wedi cael llond bola ar y streic am nad oedden nhw'n awyddus i fod yn rhan ohoni yn y lle cyntaf?

Erbyn i'r bws adael, rhyw hanner dwsin o löwyr oedd ar y daith. Doedd dim un ohonyn nhw'n hyderus. Neb yn falch, neb â thân yn llosgi yn ei fola. Rheidrwydd yn hytrach nag angerdd. Ond roedden nhw'n mynd fel un i'r pwll. Lan trwy'r cwm aeth y bws, a phawb yn ddistaw. Tawelwch yr ansicr. Ofn y diffyg gwybod. Ac yn gymysg â'r fath deimladau, roedd sicrwydd wrth wybod bod yn rhaid gwneud hyn.

Roedd goleuadau cynnar y tai cyngor yn eu rhesi digyfaddawd yn wincio ar y bws a'i deithwyr wrth iddyn nhw fynd ar eu taith.

'Pwy ti'n meddwl sydd y tu ôl i'r llenni 'na, Dewi? Beth ti'n meddwl ma nhw'n meddwl ohonon ni?' holodd ei bartner.

'Fi'n trio peidio meddwl a bod yn onest, Kev. Fi jyst moyn heddi drosto a gweld shwd eith hi o fan'na.'

'Ma Gwen yn falch bo ti fan hyn heddi, sbo?'

Dim ateb. Dim ond rhyw olwg ystyrlon mas drwy'r ffenest ar y tir neb lle roedd siopau'n gorwedd yn gysglyd yn yr oriau prin cyn y byddai'n rhaid iddyn nhw ddeffro a derbyn masnach y dydd. Nid dim ond y glowyr oedd yn ennill eu cyflog yn y cwm.

Dechreuodd dau o'r glowyr eraill sgwrsio.

'Da'th y crwt mas 'da fi diwrnod o' bla'n, whare teg iddo fe.'

'Lan y tip?'

'Na, ar y lein. A'th gang ohonon ni lan yno. Torron ni blancie o goed a'u cario nhw wedyn i Station Terrace a'u rhoi nhw ar y trac.'

'Yffach, Malcolm, pam o't ti am neud rhwbeth mor beryglus â 'na?'

'Do'dd dim danjer mowr, cofia. Nethon ni roi'r coed ar

stretshen hir, syth o drac, lawr ar bwys Maesyfelin, a ro'dd digon o gyfle i'r trên stopo. Nelen ni ddim peryglu bywyd neb!'

'Falle wir, so i'n ame hynna, er galle rhwbeth fynd o'i le, cofia. Ro'dd e'n beth digon peryglus i neud. Pam nethoch chi shwd beth?'

'Wel, ro'dd y trên yn gorfod stopo wedyn achos bod y coed ar y trac. A'r funud ro'dd e wedi arafu digon, nethon ni dwlu dou o'r plant miwn i rai o'r trycs oedd reit yng nghefen y rhes o gerbyde. A'th y cryts wedyn ati yn fflat owt i dwlu'r glo mas i ni'r dynion o'dd yn dala bagie ar yr ochor. Geson ni sawl cwdyn o lo cyn bod neb ar ffrynt y trên yn gwbod beth o'dd yn digwydd.'

'A glo da, siŵr o fod?'

'Wel, rho fe ffordd hyn, ro'dd e ar ei ffordd i gael ei werthu tu fas i Gymru, so y glo gore o'dd e bown' o fod. Ro'dd e'n well glo na bydden i wedi cael gartre am dynnu fe mas o'r ddaear, ma'n siŵr. Beth wnes di 'da glo'r tip?'

'Peli mond, 'nes i lwyth ohonyn nhw. Tries i rwbeth newydd tro 'ma – yn lle rowlio'r dwst glo gyda pridd ne' glai, fe dries i damed bach o goncrit 'da fe, iddo fe ga'l beindo'n well. Gwitho'n gwd hefyd. Tria i fe 'to.'

Gan taw dim ond milltir o'r daith oedd ar ôl, aeth Dylan ati i ddechrau holi'r glowyr, cyn i'w nerfau fynd yn drech na nhw. Fyddai dim un ohonyn nhw am siarad wedyn. Roedd wedi clywed darnau o'r sgwrs ynglŷn â stopio'r trên a phenderfynodd taw dyna'r lle i ddechrau holi.

'Do'dd dim modd i fi beidio clywed eich sgwrs chi, bois, ynglŷn â stopio'r trên.'

Mentrodd Dylan holi'n fwy penodol nag yr oedd wedi meddwl y byddai'n gallu gwneud. 'O's 'da hwnna rywbeth i' neud â dod 'nôl i'r gwaith heddi?'

'Na. No way,' oedd barn y mwyafrif. Roedd un yn dawel iawn yn eu plith. Gwelodd Dylan hynny a phwysodd i ofyn cwestiwn pellach iddo, gan obeithio y byddai'n torri'r tawelwch.

'Ti'n dawel fan'na. O'dd e'n dy boeni di 'te?'

'Clywes i gynta am y stynt 'na gan un o'r bois. Wedodd e bod y bois o'dd e'n nabod mewn pwll arall wedi bod yn siarad lot am wneud rhwbeth fel'na, er smo nhw wedi gweithredu. Wel, gan fod pethe fel ma nhw nawr, ro'dd rhai ohonon ni'n meddwl bod yr amser wedi dod i weithredu. A 'na beth naethon ni.'

'Ond pam ma cysylltiad rhwng hwnna a dod 'nôl i'r gwaith ac ishte ar y bws fan hyn bore 'ma 'te?' gofynnodd Dylan ymhellach.

'Mae'n gneud i ddyn feddwl, ond dyw e, pan 'yt ti'n fodlon gneud rhwbeth fel'na gyda dy blant dy hunan. Ro'dd e'n grêt ar y pryd. Llwyddo ca'l rhwbeth 'nôl i ni oddi wrthyn nhw. Ond, gartre yn hwyrach yr un noson, ro'dd y cwbl yn cnoi 'yn stumog i. Shwd fath o foi o'n i, shwd fath o dad, i dwlu fy nghig a 'ngwaed fy hunan i gefen wagen trên a dishgwl iddo fe rofio glo mewn i sachau ro'n i'n eu dala wrth ochr y trac? Chysges i ddim y noson 'na. Ro'n i wedi bod yn 'i ddysgu fe i ddwyn, i fod yn lleidr. Erbyn i fi godi yn y bore, sylweddoles i taw dim ond mynd 'nôl i'r gwaith fydde'n galler cynnig unrhyw ateb. Alle hynny ddim bod yn wa'th na pheryglu bywyd fy mhlentyn fy hunan a dishgwl iddo fe ddwgyd glo oddi ar gefen trên. So, 'ma fi.'

Roedd y bws yn agosáu at y pwll a'r glowyr yn sylweddoli hynny. Ond roedd Dylan yn ddigon bodlon ei fyd, ac yntau wedi cael cyfweliad digon swmpus. Agosaodd y bws at geg y lofa, lle roedd haid o bicedwyr yn barod amdano. Doedd dim prinder gweiddi, na sgrechian chwaith. Roedd angerdd y picedwyr yn ddigon effro, hyd yn oed yr adeg hyn o'r bore. Ond llwyddodd yr heddlu i gadw trefn ar ddigwyddiadau annisgwyl y bore ac i ymateb i'r cyffro, ac fe aeth y bws drwy'r gatiau a heibio'r picedwyr yn weddol rhwydd. Dim cweit fel cyllell trwy fenyn, meddyliodd Dylan – yn debycach i gyllell trwy gaws, efallai.

Diolch i'r drefn, meddyliodd wedyn, bod rhan gynta'r bore

wedi mynd mor esmwyth. Byddai'n ddigon rhwydd paratoi adroddiad yn crynhoi'r hyn a ddigwyddodd ym Mhentre'r Mynydd y diwrnod hwnnw. Cychwynnodd ar ei ffordd yn ôl tua Phantglas yn ddigon bodlon ei fyd: roedd cyfweliadau ganddo, a stori oedd yn dangos effaith ddynol y streic. Roedd hynny'n ei fodloni, heb os, er nad oedd yn gwbl sicr y byddai'n bodloni Emlyn y tu ôl i'w ddesg gyfforddus yn yr ystafell newyddion.

Wedi iddo ymlwybro i mewn ac allan o res ar ôl rhes o gymoedd y De, roedd yn ôl unwaith eto ym Mhantglas. Wrth agosáu at y pwll, gwelodd olygfa ddigon cyfarwydd. Yr un ceffyl ond gwahanol joci, meddyliodd, wrth weld ymgnawdoliad gwahanol o'r Tair P yn sefyll ger gatiau pwll gwahanol i'r un yr oedd newydd ymweld ag o.

Ond roedd un newid amlwg ers y diwrnod cynt. Chwyddwyd rhengoedd un o Dair P Pantglas y bore hwnnw. Yng nghanol y glowyr ar streic, roedd byddin o fenywod, wedi camu i'r llinell am y tro cyntaf. Creodd eu presenoldeb gryn gyffro. Cyffro balch i'r glowyr, cyffro a greodd benbleth i'r heddlu a chyffro stori newydd i'r wasg.

'Mae'n grêt 'ych gweld chi 'ma'r bore 'ma, ody wir!' meddai llais un o'r glowyr.

'Smo ti'n meddwl bo ni'n mynd i ishte gartre a gadael i bobol fel nhw weud pethe cas amdanon ni, wyt ti?'

Roedd gŵr Jane yn un o'r rhai a oedd allan ar streic. Pwyntiodd ei bys i gyfeiriad y wasg wrth siarad, ond wnaeth y streicwyr i gyd ddim deall arwyddocâd hynny. Gwelodd Jane yr ansicrwydd yn eu llygaid ac aeth ati i esbonio.

'Wel, eu siort nhw wedodd bod y streic yn chwalu am fod y menywod yn pwsho'r dynion 'nôl i'r gwaith. Gewn ni weld am hynny, myn yffach i!'

'Ni 'ma gyda'n gwŷr, yn ddigon sicr i chi, ta beth ma pobol arall yn 'i weud! Blydi press!' ychwanegodd un o'r lleill wrth ei hochr.

Cadarnhawyd y geiriau gan y corws benywaidd o'u cwmpas. Torrodd y synau cymeradwyol yn gân, yn osodiad, yn her:

'We are women, we are strong,
We are fighting for our lives
Side by side with our men
Who work the nation's mines,
United by the struggle,
United by the past,
And it's here we go! Here we go!
For the women of the working class.'

Parhaodd ambell 'Here we go!' am beth amser wedi diwedd swyddogol eu rhyfelgan. Safodd y dynion mewn syndod balch a rhyw ryfeddod distaw, heb fod yn hollol siŵr sut i ymateb i'r fath ddatganiad cyhoeddus, cryf o gefnogaeth i'w hachos.

Trodd un o'r menywod at un o'i chyd-brotestwyr a gofyn iddi:

'Glywes di un ohonyn nhw, y sgabs diawledig, yn gweud bo nhw'n diodde achos bo nhw heb gael arian ac yn gorfod crafu byw? Blydi cheek! O'n i'n llosgi sgidie yn y lle tân neithiwr er mwyn cadw'r plant yn dwym, ond fi fan hyn heddi!'

'Llosges i hen bâr o sandals Scholl pwy ddiwrnod, meddwl bydde'r gwaelodion pren yn gwneud gwell tân. Fydden i byth yn meddwl gweud wrth Meirion am fynd 'nôl i'r gwaith, beth bynnag fydde'n rhaid i fi losgi.'

Cyn bod modd mynd â'r sgwrs ymhellach, dechreuodd drama'r bore. Roedd yr heddlu, gyda'u ffyrdd o wybod popeth cyn pawb, wedi newid eu hosgo yn eithaf sydyn. Wrth geg y pwll, y plismyn oedd y rhai cyntaf i ffurfioli digwyddiadau'r bore. Trodd y sefyllian a'r loetran yn safiad swyddogol, stiff a dieithr. Pawb i'w gornel fel ar ddechrau gornest focsio, ond bod tair cornel yn barod nawr. A dim dyfarnwr.

Wrth weld yr heddlu'n symud, deallodd pawb arall beth oedd yn digwydd. Galwodd arweinydd y picedwyr hwy at ei gilydd ac fe adawodd pawb eu grwpiau bach anffurfiol. Ffurfiwyd llinell gadarn, fanerog o flaen gatiau'r pwll, baich cydwybod a phwrpas yn dal eu hysgwyddau yn ôl i herio'r sgabs ar y bws, i herio'r byd a'r betws. Dyma'r frwydr. Dyma fu'n eu hatgyfnerthu drwy galedi'r misoedd llwm.

Trodd bois y radio, y teledu a'r papurau at eu cornel hwythau, gan sefyll yr ochr arall i'r hewl, yr heddlu ar y llaw chwith iddyn nhw a'r picedwyr yn syth o'u blaenau. Roedd y tensiwn yn amlwg nawr, wedi torri trwy dywydd garw a chyfnewidiol y bore o Dachwedd. Wrth i'r carfanau unigol ffurfioli, caledodd yr awyr wrth borth y pwll. Trodd murmur ysgafn y siarad yn dawelwch llwyr bron wrth i arwyddocâd y gweithredu wasgu'n ara deg arnyn nhw. Roedd yn dawelwch gwahanol i unrhyw beth a brofodd Dylan o'r blaen. Nid tawelwch eistedd mewn capel na thawelwch llyfrgell chwaith. Nid y tawelwch parchus wrth wrando ar anthem genedlaethol gwlad arall. Roedd yn debycach i dawelwch angladd na dim arall. Teimlad o golled.

Dyma'r aros.

Y gwrthdaro yn yr awyr. Ac yna'r bws.

'Y diawled! Y bastards!'

'Sgabs!'

'Cŵn Maggie!'

Daeth taw ar y gweiddi'n unig. Roedd yn rhaid gwneud mwy ac roedd eu harfau'n barod. Trodd y brotest yn un cythrwfl afreolus. Bricsen yn disgyn ar ochr y bws – siglad i'r rhai a oedd yn eistedd yn eu seddi ar yr ochr honno yn enwedig, rhai a oedd yn ddigon ofnus yn barod. Bricsen arall wedyn, ac un arall ac un arall eto. Un yn disgyn ar y ffenest ar bwys Geraint, glöwr a oedd newydd gael ysgariad a phwysau gofal plant wedi ei roi yn ei sedd y bore hwnnw. Cafodd gryn siglad gan ergyd y fricsen. Braw hyd at fêr ei esgyrn. Ceisiodd osgoi dangos hynny, ond doedd e erioed wedi profi'r fath deimladau ac roedd hi'n anodd iawn delio â nhw.

Yna rhuthrodd y streicwyr at y bws fel un, a'r heddlu yn yr un modd. Ond y glowyr gyrhaeddodd gyntaf, gan daro ochr y cerbyd yn ddigyfaddawd. Curo heb atal. Paneli'n gwegian wrth dderbyn y fath driniaeth.

'Dim trugaredd, bois.'

Llais Derrick, arweinydd yr undeb. Dyn yn ei chwedegau, yn agosáu at ei bensiwn. Diwedd yr yrfa ar y gorwel ond dim awgrym o ildio. Tarodd ochr y bws â'i bastwn. Dilynodd y lleill, fel cytgord offerynnau taro ond heb y felodi. 'Sgabs!' gwaeddodd Derrick wrth fynd at flaen y bws. Wrth ei ochr roedd un o'r menywod hŷn, un a gadwai siop y groser yn y pentref. Roedd wedi hoelio'i sylw a'i ffyrnigrwydd ymbilgar ar un dyn yn benodol, un yr oedd yn ei adnabod ers dyddiau ysgol.

'Paid mynd miwn! Paid mynd miwn! Plis, Eifion, paid!'

Roedd ei llais ar dorri o dan bwysau emosiynol wrth iddi ymbil ar ei chyfaill. Am eiliad, syllodd y ddau i wynebau ei gilydd, dau o'r un lle yn edrych ar ei gilydd o wahanol gyfeiriadau. Ac yna, ymhen chwinciad, roedd drama'r bore'n parhau.

Cydiodd rhai o'r plismyn yn y glowyr agosaf atyn nhw a'u taflu i'r naill ochr. Os oedd yna unrhyw wrthwynebiad gan un o'r glowyr eraill, cai'r glôwr hwnnw ei daflu i'r llawr hefyd. Eisteddai un plisman ar ben un o'r picedwyr er mwyn ei reoli ac, o dan bwysau'r ddeddf, fe ddofodd rywfaint.

'Sgabs!' meddai'r corws y tu ôl iddo. 'Sgabs! Sgabs! Sgabs! Sgabs!', 'Moch!', 'Bastards!', 'Moch!', 'Sgabs!'.

Y cyfan yn troi'n un gytgan amrwd, a'r geiriau caled yn cael eu cyfnewid ag egni egwyddorol.

Wrth i'r côr afreolus ruthro at y bws unwaith eto, chwalodd y ffenest flaen yn yfflon. Roedd golwg druenus ar y gyrrwr wrth i ddarnau o wydr daro ei sbectol, disgyn i'w gôl a hedfan heibio iddo at y seddi blaen, gan ei adael yn edrych mas drwy'r gwagle. O'i flaen, a dim byd rhyngddyn nhw bellach, roedd y dorf yn ei wynebu. Cegau bygythiol, dannedd, llygaid yn pefrio dicter, breichiau, dyrnau, traed a sŵn byddarol, cyntefig.

Roedd Ieuan, y gyrrwr, yn cofio gyrru'r rhan fwyaf o'r wynebau arswydus o'i flaen i'r ysgol. Dyddiau'r dillad ysgol a'r tei, y bag ysgol a'r sticeri, y negeseuon rwy'n-dy-garu-di wedi'u sgriblo'n syml ar hyd y bagiau a'r llyfrau, y gwallt hir a'r shwd-ma-dy-fam a trueni-am-y-tîm-dydd-Sadwrn. Dyddiau bore oes pan fyddai mynd i'r pwll yn ddyhead ychydig yn is ei statws na chwarae i Gymru a thynnu merch smartia'r pentref. Nawr, a hwythau'n ddynion, rhoesant y freuddwyd o chwarae dros eu gwlad i'r naill ochr ers amser maith. Roedd merch smartia'r pentref wedi symud bant. Roedden nhw'n lowyr.

Doedd Ieuan ddim yn disgwyl hyn wrth iddo adael ei gartref y bore hwnnw. Gwyddai beth oedd natur ei siwrnai, wrth gwrs, ond roedd e wedi dewis peidio meddwl llawer mwy na hynny. Nawr, hyd yn oed ac yntau yn nannedd y storm, roedd ei ofn yn gymysg â chydymdeimlad. Er ei fod wedi cael ei siglo, gwyddai beth oedd yn digwydd o'i flaen a pham. Roedd hynny'n lleddfu rhywfaint ar ddarnio'r gwydr.

O'i sedd, drwy'r gwagle, edrychai ar yr heddlu yn gwneud eu gorau i gadw'r bws a'r glowyr ar wahân, er mwyn i'r cerbyd gyrraedd lloches y pwll heb ddioddef rhagor o ddifrod. Ond yn y broses, roedd hen ddigon o gyfle i'r glowyr herio Ieuan.

'Pam ti wedi dod â'r moch 'ma i'r gwaith, Ieuan? So ti'n gwbod yn well?'

'O'n i'n disgwyl gwell 'da ti, ma rhaid i fi weud.'

'Beth fydde dy dad yn gweud? Drifo sgabs drwy'r llinell biced! Ti 'di anghofio popeth ddysgodd e i ti? Ti 'di anghofio ffordd ges di dy godi?'

Pob gair yn fricsen yn ochr Ieuan.

Roedd ganddo forgais. Nid ei streic e oedd hon, ac efallai ei bod hi wedi parhau damed bach yn rhy hir nawr beth bynnag.

Ond wrth iddo hel meddyliau a setlo ar res o atebion, deuai atebion eraill i'w disodli. Gwyddai nad oedd hi mor syml â hynny gan fod yn rhaid iddyn nhw gadw gyda'i gilydd a bod unrhyw frwydr dros y pwll yn frwydr dros y pentref hefyd. Ond fyddai hynny ddim yn rhoi bwyd i'w deulu nac yn gwneud lles i'w iechyd simsan.

'Diolch byth fod y windscreen 'na wedi torri,' meddai dan ei anadl. 'Fydd dim bws 'da fi fory.'

Wrth i Ieuan lywio'r bws yn ofalus rhwng y plismyn a'r gatiau, roedd Dylan wedi dringo wal isel er mwyn cael gweld pwy oedd ynddo. Roedd yn chwilio am Tony ac fe'i gwelodd. Ddaeth dim arwydd amlwg oddi wrtho, dim ymdrech i wneud yn siŵr bod Dylan wedi'i weld, dim ond rhyw edrychiad slei, cyn iddo droi ac edrych yn syth o'i flaen. Roedd hynny'n ddigon i Dylan. Gwyddai nawr y gallai fynd i'w weld ar ddiwedd y shifft a chael ei stori cyn neb arall. Cyrhaeddodd y bws fan diogel, a'r dychweledigion, am ba bynnag reswm, yn ôl yn y gwaith am y tro cyntaf ers rhyw wyth mis. 'Nôl ar y talcen, ymhell o sŵn unrhyw wrthwynebiad, yn agos at y glo. Yn agosach at dderbyn cyflog nag y buon nhw ers misoedd.

Roedd yr heddlu'n dechrau gwasgaru yn yr un patrwm trefnus â'r diwrnod cynt, a chyn hir doedd dim sôn amdanyn nhw. Fe fydden nhw 'nôl unwaith eto yfory. Doedd dim arwydd bod bois y wasg am symud. Diflannodd un neu ddau yn syth ond roedd y gweddill yn dal yno er mwyn siarad â rhai o fois y *lodge* am ddigwyddiadau'r bore.

'Dewch mewn, bois,' meddai cadeirydd y *lodge* wrth y newyddiadurwyr, a mewn â nhw i gyd i gael paned gyda'r streicwyr yn adeilad brics coch y gyfrinfa. Roedd y lle'n orlawn. Oerfel a gwres y dynion yn cymysgu yn un cwmwl o stêm, wrth i'r cotiau *duffle* a'r *parkas* gael eu diosg ac i'r tegell ferwi yn y gornel.

Roedd dwy set radio yn traethu ar yr un pryd, un i glywed y

newyddion Cymraeg a'r llall y Saesneg. Erbyn diwedd y bore fe fyddai'r glowyr wedi clywed adroddiadau amrywiol y gohebwyr a oedd yn rhannu paned gyda nhw yn y gyfrinfa. Ar y ford, pentwr o bapurau newydd. Cronicl y chwyldro a phropaganda'r frwydr yn un domen.

Roedd Dylan wedi rhuthro i lawr i'r pentref er mwyn gwneud ei adroddiad cyntaf i raglenni newyddion y bore. Roedd ffôn y caffi'n brysur, ond cynigiodd Maria ffôn personol y teulu yn yr ystafell fyw iddo, ac i ffwrdd â Dylan y tu ôl i'r cownter. Adroddiad syml, rhyw funud a hanner, yn cyfleu cyffro'r ddrama a oedd newydd ddigwydd. Y dasg nesaf oedd mynd i'r stiwdio fechan gyfagos i olygu'r cyfweliadau a wnaeth ar y bws, ac yna anfon y pecyn gorffenedig 'nôl i Gaerdydd er mwyn bwydo gweddill rhaglenni'r bore. Wedi gwneud hynny, 'nôl ag e i recordio cyfweliadau ar gyfer ei adroddiad i'r rhaglenni amser cinio. Pa rai o'r dychweledigion fyddai'n fodlon siarad, meddyliodd, wrth ddod o dan gysgod y pwll unwaith eto, a pha rai o'r picedwyr fyddai â rhywbeth i'w ddweud nad oedd yn rhaff o ystrydebau?

Aeth 'nôl i mewn i wres y gyfrinfa at bawb arall a chael paned ddigon dymunol mewn myg NUM a oedd yn edrych fel petai'n gymaint rhan o dreftadaeth y glowyr â'r glo ei hun. Edrychodd o'i gwmpas i asesu pwy y gallai ei holi ar gyfer ei adroddiad nesaf. Y cadeirydd: bob amser yn barod. Yr ysgrifennydd: ddim yn siarad Cymraeg. Y trysorydd: roedd wedi gofyn iddo fe droeon yn barod ar hyd misoedd y streic, ond gwrthod wnâi e bob tro.

Torrodd rhywun ar draws ei bendroni.

'Hei, ti! Ma rhywun sy'n perthyn i ti wedi mynd 'nôl mewn heddi, odw i'n iawn?'

Rhewodd popeth: y glowyr wedi iddyn nhw droi i gyfeiriad Dylan; calon Dylan wrth iddo deimlo llygaid yn ei gyhuddo'n ddidrugaredd; ac amser, wrth i bawb aros am ateb i'r cwestiwn.

Gwyddai Dylan fod ei gefnder yn löwr yn y pwll ond doedd e

ddim wedi deall ei fod wedi torri'r streic y bore hwnnw. Amhosib oedd nodi pob wyneb yn y rhuthr a'r cyffro, yn enwedig gan fod sawl un yn defnyddio hwdiau eu cotiau *duffle* i guddio eu hwynebau rhag eraill ac i guddio'u swildod a'u nerfusrwydd eu hunain. Roedd Dylan wedi ceisio cadw'i bellter ac roedd yr holl ymdrech i fynd ar ôl Tony wedi golygu nad oedd hyd yn oed wedi meddwl am ei gefnder. Ond petai'n dweud nad oedd e'n gwybod, pa mor llipa fyddai hynny'n swnio? Ffugio anwybodaeth er mwyn achub ei groen ei hun? Ond dyna'r gwir. Pam roedd dweud y gwir yn gallu creu cymaint o drafferth? Roedd pawb yn dal i aros am ateb ac ambell un yn dechrau anesmwytho.

'Ateb, 'nei di!'

'Be ti'n cwato'r cachgi?'

'Gwêd rwbeth!'

Roedd fel petai glowyr y gyfrinfa wedi symud sawl cam yn nes ato yn y funud ddiwethaf, pob un nawr ar ei draed ac yn ei wynebu, pob un ddwywaith y maint ydoedd funud ynghynt, pob un yn sefyll yn anghyfforddus o agos ato, ac yn agosáu fwyfwy bob eiliad. Gallai edrych i fyw llygaid bron pob un a gweld y gwres y tu ôl iddyn nhw. Trodd atebion di-ri ym meddwl Dylan, fel cerrig mewn peiriant sment, yr un mor galed ac yr un mor swnllyd. Penderfynodd taw dim ond y gwir fyddai'n gwneud y tro.

'Ma cefnder 'da fi'n gweithio 'ma, oes, ond dw i ddim yn gwbod os yw e miwn heddi neu beidio…' Oedodd am eiliad cyn ychwanegu, 'Onest, fi ddim yn gwbod.'

Difarodd yn syth iddo ollwng y gair 'onest' o'i geg. Roedd defnyddio'r gair yn siŵr o fod yn arwydd pendant ei fod yn swnio unrhyw beth ond hynny i'r cyhuddwyr a oedd yn llygadrythu arno yng nghyfyngder bygythiol y gyfrinfa.

'Ti'n ishte man'na a dishgwl i ni dy gredu ti? Ishte a gweud dim drwy'r bore a gwbod bod sgab yn perthyn i ti wedi torri'r streic a phopeth ni'n sefyll drosto fe? Ti'n ishte yn ein canol ni fel 'se dim yn bod? Sorta dy hunan mas, gwd boi, neu ti gaiff hi nesa!'

'Dere'r te 'na 'nôl, y bastard! Smo ti'n haeddu rhannu dishgled 'da ni!'

'Itha reit! Cer gartre a paid â dod 'nôl 'ma os ti'n gwbod beth sy'n dda i ti!'

Daeth cytgan o synau unsill amrywiol, cyntefig bron, i'w gyfeiriad, ynghyd ag ambell air pedair llythyren yn amen. Cytgan o gymeradwyaeth.

Tawel oedd y newyddiadurwyr eraill. Roedd yr holl sefyllfa'n gwbl annisgwyl, ac anodd oedd gwybod sut i ymateb. Teimlo dros un ohonyn nhw ar y naill law, yn cael ei roi mewn sefyllfa gwbl anghyfforddus ac annheg wrth wneud ei waith. Ond ar y llaw arall, roedd ambell drwyn yn synhwyro stori fach ychwanegol. Ym merw'r tensiwn, penderfynodd Dylan ddal ati i ddadlau ei achos. Doedd e ddim wedi cael amser i ystyried a oedd hynny'n ddoeth ai peidio ond roedd yn teimlo rhyw reidrwydd i esbonio, i ddweud pam.

'Nid fi sydd wedi torri'r streic,' meddai, yn ddigon nerfus ar y dechrau. 'Nid fi sy'n gyfrifol am benderfyniadau aelodau'r teulu. Neud 'y ngwaith 'yf fi, fel bod pobol yn gwbod pam 'ych chi 'ma. Ond os nad 'ych chi am i fi neud 'ny, os nad 'ych chi am i bobol wbod…'

Sylwodd ar ambell bâr o lygaid yn troi oddi wrtho. Rhai, efallai, meddyliodd Dylan, a oedd yn adnabod ei deulu ac yn deall y sefyllfa'n well na'r lleill. Roedd wynebau ambell un yn rhoi'r argraff eu bod yn derbyn y sylw, hyd yn oed os nad oedden nhw'n cytuno, tra bod eraill yn ddi-ildio, eu llygaid caled yn dal i edrych arno fel petai wedi croesi'r llinell biced ei hun. Symudodd Dylan yn anesmwyth yn ei sedd. Teimlai'r chwys yn codi ar ei dalcen a'i gyhyrau'n tynhau. Dechreuodd ofn go iawn gymryd y camau cyntaf trwy ei gorff. Wedi rhai munudau a deimlai'n oesoedd i Dylan, gwelodd y cyhuddwyr mwyaf selog yn troi eu llygaid i ffwrdd oddi wrtho, yn amlwg wedi gweld sut roedd nifer sylweddol o'u cwmpas wedi ymateb i ateb Dylan, a daeth y cyfan i ben mor sydyn ag y dechreuodd.

'Ti'n blydi lwcus, Dylan!' meddai boi'r *South Wales Echo* wrtho dan ei anadl.

Gyda'r union deimlad hwnnw'n cwrso trwy ei wythiennau, cydiodd Dylan yn ei de a cheisio ailgydio yn normalrwydd y siarad wast.

4

Pum mlynedd wedi'r streic:
Barddoniaeth

'BETH WYT TI'N neud?'

Roedd Moira am wybod pam roedd ei merch yn eistedd wrth fwrdd y gegin yn edrych dros yr hyn roedd hi wedi'i ysgrifennu mewn llyfr nodiadau. Doedd hwnnw ddim i'w weld y math o lyfr y byddai rhywun yn ysgrifennu rhestr siopa ynddo, chwaith.

'Dim,' meddai Diane yn ddiamynedd, wrth iddi stwffio'r dystiolaeth i mewn i'r drôr o'i blaen.

Camodd y fam at y bwrdd ac at y drôr i nôl y llyfr, ond cydiodd Diane ynddo cyn iddi ei gyrraedd, a dianc i'r ystafell fyw a'r llyfryn yn ei llaw. Gadawodd Moira iddi fynd. Aros oedd piau hi, a bwriodd y fam ati i baratoi bwyd.

Ym Merthyr roedd Moira'n byw a doedd hi erioed wedi gadael y lle. Cawsai Diane ei geni yno hefyd, a dychwelodd yno yn dilyn trychineb. Rhwyg ym mhatrwm ei bodolaeth a drodd yn rheidrwydd bywyd pob dydd, yn rym cryfach nag unrhyw awydd am annibyniaeth; y dyhead i ymestyn ei hadenydd wedi ei gwtogi gan weithred ysglyfaethus dau ddieithryn. A hithau'n fam i ddau fachgen, roedd Diane yn ôl lle cawsai ei geni.

Wedi dweud hynny, doedd hi ddim yn gallu cael gwared â'r teimlad taw cam yn ôl fyddai hyn iddi hi mewn gwirionedd. Nid amau cariad ei mam roedd hi. Ffôl fyddai gwneud y fath beth a hithau wedi derbyn ei theulu yn ôl i'w chartref a thorri ar batrwm blynyddoedd o fyw ar ei phen ei hun. Ond roedd yna deimlad yn cyniwair ynddi nad gweithred bositif oedd dychwelyd adre; cyfaddefiad, nad oedd modd ei gwestiynu, bod rhywbeth drwg wedi digwydd ac na fyddai hi yno oni bai am hynny. Byddai edrych ar waliau tŷ ei mam yn ei hatgoffa'n feunyddiol, a'r brics a'r mortar yn troi'n ddrych creulon o'r amseroedd. Llwyddai i reoli'r fath deimladau fel arfer, a'u dofi. Rhaid oedd byw mewn gobaith y byddai'r teimladau hyn yn gwanhau. Rhaid oedd cydio yn y gobaith taw camu 'nôl i'r preseb roedd hi er mwyn ailddechrau.

'Sdim gwaith 'da ti heddi 'te, Diane? Gobeithio bo ti ddim yn cadw draw nawr achos bo dim stwmog 'da ti i fynd ne' rhyw nonsens fel'na.'

'Na, Mam, ma diwrnod bant 'da fi. Gad dy ffys nawr, 'nei di?'

Roedd canfod cydbwysedd yn anodd i'r ddwy wrth iddyn nhw ymladd am yr un gofod. Gofod cyfarwydd i'r ddwy, ond gofod newydd hefyd.

Ar stad o dai roedd cartre'r teulu, a'r stad yn bentref bach lle roedd bywyd oll yn gyfan. Pan gawsai Diane ei geni yno, roedd y tŷ'n eiddo i gyngor y dref. Ond ers cwpwl o flynyddoedd bellach, Moira oedd piau'r tŷ ac roedd wedi'i droi'n balas bach o gartref clyd. Yn y cartref hwnnw roedd y fam a'i merch a'i dau fab hithau yn byw bellach ar yr ymylon, rhwng dau fyd. Wrth iddyn nhw agor y drws ffrynt agorai diffeithwch concrit yn wastadedd o'u blaenau. Wal a tho ar bob llaw, llwybr a ffordd yn clymu'r tai at ei gilydd yn eu patrwm afreolaidd. Y cyfan yn ffrwyth gweledigaeth datblygwyr a oedd yn ymateb i'r awydd i greu bywyd gwell, er nad oedd neb yn siŵr a gafodd hynny ei wireddu.

Ond roedd yna galon yn curo yn nyfnder y concrit. Curai ar y sgwâr o dir lle roedd yna siglen, hen deiars a phibellau amrywiol eu maint a'u pwrpas. Roedd y curiad cyson i'w glywed hefyd ar y pafin o flaen y siopau a wasanaethai'r ardal a'i phobl.

Ar y llaw arall, wrth agor y drws cefn, roedd gwyrddni'n croesawu Moira a Diane a'u cymdogion. Gwyrddni'r ucheldir garw yn codi o'r wal gefn lan i'r awyr – lle chwarae ambell ddafad flin a llecyn colli diniweidrwydd rhai o'r ieuenctid o dan lygaid y sêr. Teyrnas y plant, lle roedd unrhyw beth yn bosib. Roedd y trigolion yng nghanol eu trugareddau a byd natur yn gallu sefyll y tu fewn i ffiniau'r wal gefn ac edrych i lawr i ganol prysurdeb pobl y dref, a'r rheiny fel morgrug diwyd yn y pellter.

Tŷ ar y ffin oedd eu cartref, a chartref pawb arall yn y stad o dai a oedd fel mwclis rhad am droed y bryn – ambell ddarn ar goll, ambell ddarn heb fod mewn cyflwr rhy dda ac ambell ddarn arall yn rhy lân o lawer i fod yn gweddu. Putain fyddai'n arfer gwisgo mwclis am ei phigwrn, a rywsut roedd hynny'n briodol.

Ar y ffin rhwng y concrit a'r gwair, rhwng y dyheadau a'r caledi, awyr iach ac asthma, pobl a defaid, bywyd a bod, budd-dal a byw, gwacter a dim byd. Dyna'u Merthyr nhw erbyn hyn. Gwisgodd Diane ei chot a chamu mas, ei bag siopa yn ei llaw.

Roedd Merthyr yn fawr ymhell cyn i Gaerdydd fod yn bwysig. Dyna gâi ei ddweud mewn llythrennau a lluniau mawr ar wal y Tesco wrth ymyl y maes parcio. Doedd yr union eiriau hynny ddim i'w gweld ar y wal, wrth gwrs, ond roedd hi'n ddigon clir fod Merthyr yn ddigon pwysig ar un adeg i sicrhau gorsaf drenau urddasol – a'r llun ar ochr yr archfarchnad yn awgrymu bod y dref yn ddigon pwysig i gael ei chofio, ganrif a mwy yn ddiweddarach. Roedd y ddelwedd wedi bod yno ers amser hir a phrin y byddai Diane na neb arall yn sylwi arni mwyach wrth fynd i siopa. Ond nawr ac yn y man, edrychai ar y llun du a gwyn yn dangos cadeirlan o ddur yn codi i'r awyr a dynion mewn dillad parchus, fel y rhai y byddech chi'n eu gwisgo i dynnu llun henffasiwn yn Sain Ffagan. Roedd hon dipyn yn fwy crand na'r orsaf yng Nghaerdydd, meddyliodd, ac roedd hi wedi gweld cryn dipyn o hen luniau diwydiant glannau'r Taf yng nghaffi Brenda i lawr yn y Bae pan âi yno gyda Steve.

Gadawodd Diane y deyrnged weledol i'r dyddiau a fu y tu ôl iddi, a lawr â hi drwy'r rhodfa siopa newydd, un a oedd yn ddigon tebyg yn ei ffordd ei hun i ogoniant yr orsaf drenau yn y llun ar wal Tesco. Roedd y rhodfa'n codi'n uchel uwchben y meidrolion a ymlwybrai ar ei llawr, ac roedd gwagle sylweddol rhyngddyn nhw a'r pibellau dur a ffurfiai'r gorchudd uwch eu pennau. Creu rhyw ryfeddod diymhongar oedd nod penseiri cadeirlannau ganrifoedd yn ôl, wrth adael gwagle eang uwchben y rhai fyddai'n mentro drwy'r drysau. Byddai'r ehangder yn eu gorfodi i godi eu pennau, gan greu rhyw barchedig ofn yn y bobl o fewn y muriau. Byddai hynny yn ei dro yn cael ei droi'n addoliad wrth i'r bobl gymryd eu seddi yn y gysegrfa. Roedd gwagle digon tebyg uwchben y bobl a ddaeth i siopa yn y rhodfa eang ar gyrion canol y dref.

Wrth i Diane a'r siopwyr eraill gerdded Rhodfa'r Ffagl, caent eu tywys ar eu ffordd gan gerddoriaeth a ddisgynnai o'r gwagle, fel nodau anweledig ac aruchel organ cadeirlan. Sylwodd Diane ar bobl o bob lliw a llun wrth iddi fynd heibio siopau oedd yn cynnig yr un math o beth sy'n cael ei werthu ym mhob rhodfa siopa. Roedd yna foddhad yn y ddefod o fod yno, o fodoli yno, gyda'i gilydd; cysur o wybod eu bod yn rhannu gweithred a oedd yn gyfoes ac yn berthnasol. Ond eto i gyd, ni châi mwy na 'shwmae' ei rannu rhyngddyn nhw. Er rhannu'r profiadau a'r adeilad, doedd dim angen ymwneud â'i gilydd, dim cyswllt fel y byddai rhwng pererinion ac addolwyr.

Allan â Diane i law mân y brif stryd, lle roedd y siopau henffasiwn. Siopau popeth am bunt a siopau lle gellid arbed punnoedd, lle roedd doleri'n rhad ac esgidiau'n rhatach. Cawsai ambell siop ychydig o sylw yn gymharol ddiweddar ac roedd ôl y sylw hwnnw i'w weld. Ond roedd hyd yn oed y siopau hynny yn edrych fel petaen nhw wedi cael eu peintio â phaent ail-law. Roedd ambell siop arall yn dangos arwydd balch o'i bodolaeth a oedd yn datgan 'Est. 1980' a rhai o'r adeiladau eraill yn dangos eu neges falch hwythau, 'Built 1870'.

Roedd hi'n ddiwrnod marchnad. Stondinau siabi'n gwneud eu gorau i ffurfio dwy res syth ar hyd ochrau'r stryd a'r trugareddau'n arllwys ac yn syrthio oddi ar y byrddau bob yn ail, yn hongian ac yn siglo oddi ar y polion oedd yn cynnal y toeon cynfas.

Doedd fawr gwell siâp ar berchenogion y stondinau chwaith. Rhy dew. Rhy denau. Bric-a-brac o bobman a dim ond eu hacen yn wahanol rhyngddyn nhw. Dynion a menywod yn byw ar y tir tenau rhwng dibynnu ar fudd-dal a gweithio, er gwell, er gwaeth.

Roedd y byrddau'n barod a phawb a allai fforddio yr hyn oedd arnyn nhw wedi dod allan i'r stryd lydan. Fan hyn a fan draw, roedd yna Frenin neu Dderwen neu Lew yn fodlon croesawu'r sychedig i'w breichiau, a thrwy eu ffenestri deuai sŵn gwag a bwrlwm dieithriaid yn yfed gyda'i gilydd, yn trafod profiadau a oedd yn eu huno. Roedd yna rythm pendant i'w sgwrsio. Clwstwr o eiriau, ambell frawddeg hirach a thawelwch yn eu tro. Ac yn y tawelwch, rhyw syllu drwy'r ffenest ar brysurdeb pobl eraill, gan wylio'r mwg yn codi o'u cegau yn arogldarth gwag.

Er ei bod yn adeg ysgol, roedd hi'n syndod gweld cynifer o blant allan ar y stryd. Plant y stondinau oedd rhai ohonyn nhw, yn dysgu mathemateg, rhethreg a chyfathrebu wrth geisio cael gwared ar offer siecio teiars, esgidiau, cig oen, pansys, llyfrau am awyrennau a phobl yn syrthio mewn cariad, peiriannau coffi a losin. Hen blant bach.

Duw a ŵyr pam roedd y plant eraill yno, yn eu hwdis a'u segurdod.

Edrychodd Diane ar nifer o arwyddion a oedd wedi'u sgriblo

ar gardfwrdd o amgylch stondin un o ddynion y farchnad: 'Cheaper than Del Boy' meddai un, 'Cheaper than water' un arall, ac wedyn, 'Cheaper than shoplifting'.

Chwarddodd Diane wrth glywed ceidwad un stondin yn edrych ar ei drugareddau ac yn cyhoeddi eu gogoniannau ar dop ei lais: 'Come on now, you can't turn these offers down. Come on. Cheaper than jade!' Doedd hi ddim wedi clywed honna o'r blaen. Tybed a oedd y boi wedi ymweld â Thwrci flynyddoedd yn ôl, meddyliodd. Gwelodd e hi'n gwenu.

'Come on. Dere 'ma. O's crwt bach 'da ti? Bydd e wrth ei fodd â hwn.'

Dangosodd ddarn hir, tenau o blastig i Diane a oedd, yn ôl brolio'r dyn, yn goleuo yn y tywyllwch ac y gellid ei droi'n arf tebyg i'r hyn a gâi ei ddefnyddio ar *Star Wars*.

Doedd Diane ddim yn credu y byddai Matthew yn gwerthfawrogi'r fath beth ac roedd Andrew, ei mab arall, yn rhy ifanc iddi fod eisiau prynu arf *Star Wars* iddo, er cymaint yr hoffai brynu anrhegion ar ei gyfer. Gyda 'dim diolch' digon cyfeillgar, trodd at y stondinau eraill â'r stondinwr brwdfrydig yn dal i weiddi ar ei hôl,

'Smo fe moyn bod fel Boba Fett...?'

Diflannodd ei lais yng nghanol lleisiau'r stondinwyr eraill wrth iddi bellhau o stondin i stondin ar hyd y stryd.

Sylweddolodd Diane ei bod wedi dechrau cerdded yn arafach. Edrychodd o'i blaen, lliw a bwrlwm y farchnad naill ochr iddi, pobl fel hi o'i hamgylch ar bob cwr, ond o'i blaen, rhyw linell denau o ddu a oedd yn graith amlwg ar groen y stryd. Pobl, ac ambell gerbyd hefyd. Edrychodd yn ofalus a sylweddoli taw dau gar angladd oedd yno. Rhwng Kwik Save a Boots, roedd yna gapel ac am y tro cyntaf erioed, ym mhrofiad Diane, roedd ei ddrysau ar agor. Safai'r galarwyr ar y grisiau, mewn grwpiau o ddau a thri, wrth i'r hers ymlwybro fel malwen rhwng y siopau a'r stondinau ar hyd y stryd fawr.

Roedd dyn oedrannus, talsyth ac urddasol yn cerdded o flaen y rhes o alarwyr, het ddu uchel am ei ben a chynffon ar siaced ei siwt streipiog.

Trodd rhai o'r siopwyr eu cefnau ar yr olygfa. Roedd yn ymyrraeth dreisgar bron ar eu hamddena. Roedd rhywbeth oedd ddim yn iawn am hyn oll. Siopa a galaru yn gymysg â'i gilydd. Roedd y stondinwyr mewn penbleth a ddylen nhw ddal ati i weiddi er mwyn hysbysebu eu bargeinion. Gwnaeth ambell un ymgais bitw i ostwng lefel sain ei chwaraewr CDs. Yn reddfol, fe gytunai pawb y byddai tawelwch llwyr wedi bod yn ormod beth bynnag.

Clywodd Diane un fenyw yn sibrwd wrth ei ffrind nad dyna'r math o ddagrau oedd i'w gweld ar y stryd fel arfer. Dagrau'r stryd fawr oedd dagrau plentyn wedi syrffedu ar siopa, dagrau'r ddannodd, dagrau cweryla ac ambell ddeigryn tawel yn llawn anobaith personol. Nid dagrau dros y meirw.

Wrth i'r arch fynd heibio Woolworths, arhosodd ambell siopwr i godi cap, i ofyn yn dawel pwy yn gwmws oedd yr ymadawedig.

'Pam ma nhw'n gorfod gwneud hyn fan hyn?'

'Ma siopa fod i neud i chi deimlo'n well. Do's dim lot o gyfle i wneud hynny heddi, o's e, a coffin reit o 'mlaen i.'

Cerddodd rhai o'r galarwyr drwy'r dyrfa a'r ddwy fenyw yn dal wrthi'n cwyno.

'Ie, ac ar ddiwrnod marchnad hefyd. Dyw e ddim yn iawn bo rhywun yn gorfod gadael y byd 'ma drwy fynd lawr rhwng y stondine cig a'r letys.'

'Wel, os nad oedd e'n arfer bod yn groser – falle bydde hwnna'n siwto fe wedyn!'

Fe aeth y ddwy yn eu blaenau, gan roi rhyw chwerthiniad bach euog a'u bagiau'n siglo wrth eu hochrau.

Aros wnaeth Diane a llechu'n ddistaw rhag y glaw rhwng dwy stondin, gan deimlo rhyw reidrwydd arni i bwyllo, i aros a dangos parch, hyd yn oed i ddieithryn. Ei phrofiadau trasig ei hun oedd yn gyfrifol am y pwysau hyn.

Ceisiodd wneud ei gorau i roi ei sylw i'r galarwyr. Y teulu. Y ffrindiau. Ac, mae'n siŵr, meddyliodd, o adnabod Cymru, roedd ambell alarwr proffesiynol yno hefyd. Pawb yn eu du a'u hwynebau'n welw, a llygaid mwyafrif pobl y stryd wedi eu hoelio arnyn nhw. Tybed a oedd y galarwyr yn ymwybodol o'r llygaid yn edrych arnyn nhw? Wedi iddi aros yno'n ddigon hir i gyflawni'i dyletswydd, trodd Diane 'nôl i ruthr y stryd.

Wrth iddi agosáu at y twll yn y wal i nôl arian parod, clywodd gerddoriaeth yn pwmpian o stondin CDs a oedd rhyngddi hi a'r banc. Roedd y Three Degrees yn gofyn cwestiwn i bobl Merthyr wrth i 'Is this my beginning or is this the end…?' gario yn y gwynt drwy'r dref. Cwestiwn da, meddyliodd Diane wrth fwrw'i rhif i mewn i'r peiriant arian. Chlywodd hi neb arall yn cynnig ateb i'r cwestiwn. Cododd ei golygon ac edrych i lawr ar hyd y stryd. Roedd llinell ddu'r galarwyr yn denau iawn erbyn hyn a bron â diflannu i'r pellter wrth i'r lleisiau barhau i holi 'When will I see you again…?'

Cwestiwn haws i'w ateb, o ran tynged y corff o leiaf. Tybed beth oedd yr ateb ysbrydol? 'Tan i ni gyfarfod yr ochor draw' oedd yr ateb arferol, mae'n siŵr. Ai cysur yn unig oedd hynny? Doedd Diane ddim yn siŵr. Gallai rhywun gael degawdau o edrych ymlaen at y cyfarfyddiad hwnnw yr ochr draw, ac yna wedi'r cyrraedd, darganfod nad oedd neb yno. Bod yr ystafell yn wag. Blynyddoedd o edrych ymlaen a hiraethu. Tragwyddoldeb o siom. Ond eto i gyd, roedd yna gysur yn yr hiraethu hefyd: 'When will our hearts beat together?'

Yn sydyn, roedd yna ormod o lawer o arwyddocâd i'r hyn a oedd yn digwydd o'i chwmpas. Yr angladd annisgwyl a'r holi melodig ochr yn ochr, un yn cwestiynu'r llall yn ddiarwybod, ar y stryd fawr. Cafodd Diane ei hun yn meddwl am y nefoedd. Gwlad o ryfeddodau. Ystafell gyfforddus. Roedd yna gysur yn hynny. Cysur wrth feddwl am le gwell, lle nad oedd pydredd, na rhwd, na baw, na dagrau chwaith. Roedd hi'n braf meddwl am y nefoedd. Roedd hi wedi profi hynny'n gysur ers cyfnod hir: 'Precious moments.'

Ond eto i gyd, roedd hi bron yn amhosib gwneud hynny heb feddwl am farw. Efallai taw dyna pam nad oedd hi'n rhy siŵr o'r busnes Duw 'ma – doedd hi ddim wedi meddwl am farwolaeth yn ddigon rhesymol. Roedd wedi bod yn amhosib iddi osgoi'r holl fater. Bu'n byw dan ei gwmwl am gyfnod hir. Tybed a oedd yr un a oedd wedi'i gadael hi mor ffyrnig o ddisymwth wedi mynd â Duw gydag e, gan ei gadael hi heb yr un o'r ddau ohonyn nhw yn y byd yma? Ond efallai nad yn llygad y storm roedd y cyfle i feddwl yn glir. Efallai fod Duw'n gweithio mewn dirgel ffyrdd. Gan bwyll, Diane, meddai wrthi hi ei hun yn sydyn, ti'n dechrau hedfan gyda'r angylion cyn dy fod ti'n cerdded.

Ymlaen â hi i brynu bwyd i'r teulu a sigaréts iddi hi ei hun. Yn siop y cigydd roedd yna ffowlyn yn denu ei llygaid:

'Ga' i chwech fillet, plis?'

'Fi'n gweld e'n od iawn pan ma'r plant wedi mynd 'nôl i'r ysgol,' meddai'r cigydd yn ddirybudd. 'Mae'r tawelwch yn od iawn pan d'yn nhw ddim yn rhedeg 'nôl a mla'n ar y stryd a phan dyw 'u chwerthin a'u gweiddi ddim i'w glywed yn llenwi'r lle. So chi'n meddwl?'

Roedd yna rywbeth diniwed yn sylw'r cigydd. Roedd Diane bob amser yn ddiolchgar am dawelwch y tymor wedi'r gwyliau. Edrychodd arno'n estyn y cig, ei bwyso a'i bacio. Roedd modrwy briodas ar ei fys.

'Ma 'na blant mas ar y stryd 'ma heddi. D'ych chi ddim wedi'u gweld nhw, neu eu clywed nhw ddylen i weud?'

'Odw, ond nid y rheina yw'r rhai chi moyn clywed, ife?'

'Mae'n neis peidio clywed plant o gwbwl ambell waith, cofiwch. Llonydd!'

'Ie, falle bod chi'n iawn,' meddai wrth estyn y cig iddi a chymryd ei harian.

Rhaid oedd iddi ddal bws yn ôl adre, a draw â hi heibio'r Castle Hotel at yr orsaf fysys i aros am fws rhif 23. Ymunodd yn y rhes anffurfiol drefnus o bobl gymysg a oedd am ddal yr un bws. Lle i bawb a phawb yn ei le. Edrychodd Diane ar hyd y rhes ac un peth wnaeth ei tharo yn fwy na dim.

Yr arogl.

Roedd rhai o bobl y ciw yn gwynto'n ddrwg, eraill yn gwynto'n lân ac eraill yn gwynto fel petaen nhw newydd ymolchi. Anadl un yn drewi o'r cysur roedd yn amlwg wedi bod yn ei sugno ac yn ei fwynhau drwy'r bore. Ychydig yn is i lawr y rhes na hi, gallai Diane arogli salwch y fam a gydiai yn llaw ei merch fach. Roedd y dyn nesaf ati hi'n amlwg ar ei ffordd adre ar ôl diwrnod caled o waith, a chwys llafurio trwm yn glynu yn ei ddillad. Yn eistedd ar ymyl y palmant roedd dwy ferch yn eu harddegau oedd newydd brynu persawr nad oedd yn amlwg wedi costio fawr ddim o'r arian prin roedden nhw wedi cael gafael arno rywsut.

Chwiliodd yn ei bag am ddarn o bapur a beiro er mwyn nodi'r sylwadau a oedd wedi gwibio drwy ei meddwl yn ystod y dydd. Sylwadau am arogl rhai o'i chyd-deithwyr, am yr angladd ac am y Three Degrees. Dyna'r math o beth roedd hi'n dueddol o'i wneud y dyddiau hyn. Sylwi. Nodi. Ysgrifennu. Darnau o farddoniaeth syml, amrwd ond personol, fel y darn roedd hi'n ei ddarllen pan ddaethai ei mam i mewn i'r gegin yn sydyn y bore hwnnw.

Doedd ei mam ddim yn fenyw fodlon. Soniai'n aml am bobl o'r un cefndir â hi fyddai'n mynd i'r drafferth i ysgrifennu barddoniaeth. Pam roedd y werin, pobl y tai cownsil, yn ffwdanu gwneud y fath beth? Roedd ei disgrifiad o'i phobl yn amrywio ond roedd y syniad y tu ôl i'r labeli yn aros yr un peth. Doedd ei mam ddim yn deall pam roedd pobl fel'na eisiau ysgrifennu'r fath beth. Arhosodd un sylw o'i heiddo ym meddwl Diane fel gelen, sylw a wnaeth ychydig ddyddiau wedi'r Nadolig diwethaf. Dywedodd taw dim ond trio dynwared eu gwell roedd y werin bobl wrth ysgrifennu barddoniaeth. Doedd hi erioed wedi deall hynny.

Ond efallai fod mwy na hynny i'w sylwadau mewn gwirionedd, meddyliodd Diane wrth iddi gerdded i mewn trwy ddrws ffrynt ei chartref, a'i mam yn barod amdani unwaith eto.

'Cystal i ti ga'l gwbod,' meddai Moira cyn i Diane gael amser i gadw'i siopa, 'ffindes i'r papur 'na ro'dd cymaint o hast arnat ti i'w gwato bore 'ma. Pam, Diane, pam ti wedi ffwdanu mynd 'nôl at y nonsens 'na 'to?'

'Beth yw dy broblem di, Mam?'

'Gwres dy gorff sy'n dal yn y cotwm gwyn...'

Heb ateb, roedd Moira wedi cydio yn y darn papur oedd ganddi wedi'i blygu yn ei phoced a dechrau ei ddarllen, a hithau'n amlwg wedi gwneud hynny droeon eisoes y diwrnod hwnnw:

'... Dyw'r cof amdanat ddim wedi pylu dim;
gwelaf dy lygaid yn nhywyllwch dua'r nos,
a nerth dy fraich sy'n dal i gydio'n dynn...'

''Na ddigon nawr, Mam... Sdim ishe twlu hwnna yn fy wyneb i, o's e? Ti'n whare 'da 'nheimladau i wrth ddarllen hwnna.'

'... Chwalodd fy mywyd pan ddaeth dy daith i ben,
un weithred ffiaidd a dorrodd linyn ein bodolaeth,
a chwalu teulu fel y gwydr ar hyd y ffordd...'

'Mam... 'na ddigon!'

'... yn tasgu i bob cyfeiriad
a ninnau, fel tithau, yn dy gar,
yn ddifywyd a digyfeiriad ar yr hewl...'

Doedd dim byd allai rwystro Moira erbyn hyn.

'… A ddaw enfys 'nôl i'r awyr ddu?
Mae gormod i'w anghofio,
gormod yn cael ei gofio
i chwalu cwmwl amser
a rhoi'r lliw yn ôl yn ei le.

'Wel, 'na beth yw geirie mawr, Diane fach… ond pam ffwdanu? Sgrifennais di hwnna 'wap wedi iddo fe ddigwydd. Pam ma rhaid i ti droi'n ôl ato fe nawr 'to? Ti'n gwastraffu dy amser, wir i ti.'

Roedd y loes yn amlwg yn ei llais.

'Ma fe'n help, Mam… yn help i fi. Pan chwalodd ein bywydau ni ro'dd sgrifennu geirie fel'na yn gwneud gwahaniaeth. Ma fe fel 'sa fe'n rhoi llais i fi ddweud beth sy'n pwyso arna i…'

'Beth sy'n bod arnat ti? Gelli di siarad 'da fi. Ti'n gwbod 'na, on'd wyt ti?'

A dyna ni. Fel yna fyddai hi rhwng ei mam a hi y dyddiau hyn. Roedd ei hysfa i ysgrifennu barddoniaeth neu benillion yn corddi Moira go iawn.

''Nes di ddim dangos unrhyw ddiddordeb yn y sgriblan penillion 'ma nes bo ti'n mynd i gwrdd â'r blydi menywod 'na. Wedes i wrthot ti am beidio â mynd atyn nhw, Diane, ond na, ro'dd Madam yn gwbod yn well…'

'Mam, sdim diben chwilio am rywun arall i'w feio, o's e? Na'th dim un o'r menywod yn y ganolfan gydio yn fy llaw i, 'wpo beiro rhwng fy mysedd a 'ngorfodi fi i sgrifennu! Bai, bai, pam ti mor obsessed 'da'r gair? Mae eu cwmni nhw wedi bod o help…'

'Ond menywod â chysylltiad â'r gwaith glo 'yn nhw, a ro'dd eu gwŷr nhw mas ar streic, a nawr ti'n mynd i'w canol nhw er dy fod ti'n gwbod beth na'th ddigwydd? Ma hwnna tu hwnt i fi, Diane, a ti'n gwbod 'ny'n iawn!'

Efallai fod anniddigrwydd ei mam yn ymwneud mwy â'r hyn a ysgrifennodd Diane wedi iddi ddechrau barddoni. Cerddi'n ymwneud â cholled oedden nhw i gyd. Roedd hynny'n ormod i'w mam o bosib, rhesymodd Diane.

Roedd yr anniddigrwydd cynnar wedi troi'n anfodlonrwydd crac. Galar, tristwch ac ing oedd eu byrdwn. Roedd hynny'n ormod. Dyna oedd wrth wraidd holi ei mam y bore hwnnw, wrth iddi ofni bod ei merch yn troi at farddoniaeth unwaith eto ac yn gwastraffu ei hamser yn sgriblan pan oedd yna bethau eraill, pwysicach o lawer, yn ei hwynebu, a ffyrdd eraill o rannu ei theimladau. Nid trwy farddoni roedd gobaith am achubiaeth iddi hi, yn ôl Moira.

Ond roedd Diane yn ddiolchgar am y deunydd crai a gawsai wrth siopa y bore hwnnw. Rhoddodd y nodiadau a gofnododd yn y dref gyda'r rhai tebyg yn ei drôr, ac oedi i fwynhau cysur y ffaith iddi lwyddo i ymatal rhag ateb un o gwestiynau ei mam, ac osgoi cweryl arall.

5

Y streic:
Haul a chwmwl

R OEDD GADAEL CAERDYDD ac osgoi dryswch y strydoedd yn
awyr iach i Steve, wrth iddo fwynhau ehangder a gwyrddni'r
cyrion. Doedd dim gwadu ei fod wrth ei fodd yn y brifddinas
a gawsai ei siapio o ganlyniad i'r holl gymysgedd a olchwyd ar
ei glannau ddegawdau'n ôl a chreu lle amheuthun. Troi ardal a
oedd yn cario enw dyn cyfoethoca'r byd ar y pryd yn ardal ag
emosiwn a chyffro egsotig, rhyngwladol yn ei henw arall, Tiger
Bay. Na, roedd yn ddigon diolchgar bod swyddfa'r cwmni tacsis
lawr yn y rhan iawn o Gaerdydd, yn ei dyb ef erbyn hyn.

Cofiai iddo holi Lloyd, y bòs, pam yr enw Tiger Bay. Yr ateb
a gawsai oedd bod y llongwyr newydd o bedwar ban – y rhai o
Bortiwgal yn bennaf, fwy na thebyg – wrth droi i mewn i'r bae
anodd, trafferthus am y tro cyntaf, yn ei weld fel môr yn llawn
teigrod. Gwir ai peidio, roedd bellach yn un o'r chwedlau lleol a
blas yr halen wedi hen setlo arni.

Dyn fel 'na oedd Lloyd. Dyn a chanddo gefndir cyfoethog.
Cofiai Steve glywed sgwrs ar y radio yn ei dacsi unwaith yn trafod
Neil Kinnock a Margaret Thatcher. Yn ôl un a ddylai wybod am
yr hyn roedd e'n siarad amdano, un gwahaniaeth amlwg rhwng
y ddau oedd bod gan Kinnock yr hyn roedd y dyn radio yn ei
alw'n 'hinterland'. Doedd gan Maggie ddim o hynny. Doedd dim
byd mwy iddi na'r fenyw haearn wleidyddol a safai o'ch blaen.
Dyn tebyg i Kinnock oedd Lloyd. Roedd yna ochr arall iddo,
estyniad i'r hyn a welai pawb wrth edrych arno a siarad ag ef am

y tro cyntaf yn ei gadair yn y swyddfa wrth aros am dacsi. Doedd y rhywbeth arall hwnnw ddim o hyd yn amlwg. Ond roedd e yno.

Daethai Lloyd draw gyda'i deulu o'r Caribî ar ddiwedd y rhyfel. Yn y dyddiau cynnar bu'n rhaid iddyn nhw aros gyda theulu a oedd wedi dod draw i Gymru rhyw ugain mlynedd ynghynt, wrth chwilio am Afallon newydd iddyn nhw eu hunain ar lan yr afon. Doedd Steve ddim yn hoffi dangos hynny bob tro, ond byddai wrth ei fodd yn gwrando ar Lloyd yn sôn am y dyddiau hynny pan fyddai'r byd a'i deulu'n dod at diroedd ceg afon Taf. Roedden nhw fel dyddiau'r Wild West ond gyda morwyr yn lle cowbois, meddyliai Steve yn aml. Dyna'r darlun y byddai Lloyd yn ei beintio beth bynnag.

Efallai taw o'r dyddiau hynny y lledaenodd enw drwg yr ardal, fel mwg o dan ddrws, i weddill y ddinas yr ochr uchaf i'r bont. Wrth fethu â'u deall ac wrth edrych arnyn nhw o'r ochr arall, daeth yr ofnau.

Roedd anelu'r tacsi tua'r Cymoedd yn gwneud i Steve weld ei ddinas o gyfeiriad gwahanol. Golau a ddiflannai'n araf i'r pellter wrth iddo deithio, a golau a gynigiai ei bellter ei hun yr un pryd. Roedd Steve yn ddigon cyfarwydd â chwmni Elvis ar y teithiau hyn. Fe, y car ac Elvis yn cario tipyn bach o bawb i bob man am bob math o resymau. Roedd y rhan fwyaf o'i gwsmeriaid yn ddigon bodlon â'r cwmni ychwanegol hefyd. Digon o ganeuon gwahanol i bawb glywed un o'u hoff ganeuon cyn diwedd eu taith, heb orfod clywed yr un gân ddwywaith. Dim ond llond dwrn o ganeuon y Brenin doedd Steve ddim yn eu hoffi a dim ond un llinell mewn un gân yn benodol roedd e'n cael trafferth i'w gweld yn yr un ffordd ag y gwnâi'r Brenin.

Doedd e ddim yn deall pam taw unigrwydd oedd cyfaill cynta'r tywyllwch. Pam? Doedd e ddim yn credu hynny o gwbl. Oriau'r tywyllwch oedd ei ffrind gorau. Roedd yn cysylltu'r oriau hynny â chwerthin a mwynhau, y newydd a'r gwahanol, yr eithriad i'r patrwm. Fyddai e ddim yn gweld hynny tan iddi dywyllu. Fe oedd piau'r cyfan yn ystod yr oriau hynny. Dim ond fe yn ei dacsi, a'i gwmni'n newid sawl gwaith o fewn yr un awr, heb yr un bag siopa na ffeil o ddogfennau yn taro'n erbyn ffrâm drws agored ei gerbyd. Roedd y bobl fel caleidosgop yn newid eu patrwm a'u lliwiau bob tro y byddai'r drws hwnnw'n agor. Fyddai'r un noson yn gyflawn heb i liw tywyll daflu ei hun i'r patrwm, rhyw gysgod llwyd neu gwmwl du, a'r dyn neu'r fenyw yn ei sedd gefn yn rhannu eu gofidiau ag ef – y tacsi'n troi'n gyffesgell dros dro.

O orfod newid ei shifft, roedd shifft y bore cynnar yn gyfaddawd digon derbyniol iddo ac yn un a oedd yn anodd i'w gwrthod, gan fod Jonathan, un o'r bois newydd, wedi gorfod cael amser bant o'r gwaith wedi i'w wraig roi genedigaeth i'w plentyn cyntaf. Yn sicr, roedd e, yn fwy na neb arall yn y cwmni tacsis, yn gallu cydymdeimlo â hynny. Cawsai Steve ambell sgwrs gyda Jonathan ynglŷn â'u sefyllfaoedd ac roedd hynny fel petai wedi creu cyswllt rhwng y ddau.

Wrth iddo feddwl sut roedd byd Jonathan a'i fyd yntau ar fin newid, cofiodd am hanes un teithiwr annisgwyl. Cafodd alwad un dydd i dŷ digon parchus yr olwg yn y ddinas. Wedi iddo gyrraedd yno, rhedodd menyw ato ar hyd llwybr ei gardd a bwndel yn ei breichiau. Rhoddodd hwnnw ar y sedd gefn a gofyn i Steve fynd â'r parsel i ryw gyfeiriad a oedd wedi'i ysgrifennu ar ddarn o bapur, gan ei stwffio i'w law. Gyda'r darn papur roedd hanner can punt o dâl a diolch emosiynol yn ei llais. Ffwrdd â Steve yn wên o glust i glust gan fod cymaint o arian yn ei boced… tan iddo glywed y parsel yn gwneud sŵn. Cyflymodd calon Steve a cheisiodd droi i edrych ar y bwndel ar y sedd gefn. Gwelodd fraich yn ymestyn o gornel y papur newydd oedd wedi'i lapio amdano. Stopiodd yn sydyn, gan ddigio gyrwyr eraill wrth wneud hynny. Aeth at y drws cefn, ei agor ac estyn ei freichiau i godi'r hyn a orweddai yno. Wedi tynnu'r papur newydd, gwelodd fabi bach ychydig wythnosau oed, digon iach yr olwg, yn gwenu arno o ganol y print du a gwyn. Cydiodd yn dynn ynddo a'i wasgu'n dyner at ei frest.

Trodd y teimlad yn ofn wrth iddo sylweddoli bod ganddo fabi bach yn ei ofal, fod bywyd newydd, dieithr, bregus yn ei ddwylo mawr, lletchwith. Roedd dau ddewis ganddo. Mynd 'nôl i'r cyfeiriad lle cododd y babi yn y lle cyntaf neu fynd ymlaen i'r cyfeiriad ar y darn papur. Neu, wedi meddwl, efallai fod trydydd dewis. Mynd at yr heddlu a dweud wrthyn nhw bod rhywun wedi gadael babi diymadferth a diniwed yn ei ofal mewn ffordd mor anghyfrifol. Aeth un peth trwy ei feddwl wrth iddo gloriannu'r tri dewis. 'Blydi gyrrwr tacsi ydw i, er mwyn tad! Be yffach fi fod neud?' Edrychodd ar ei watsh a gweld ei bod yn tynnu at ddiwedd ei shifft. Byddai mynd at yr heddlu yn golygu gwneud popeth yn swyddogol. Byddai hynny'n agor drysau cymhleth a pheryglus. O'r herwydd, mynd at un o'r ddau gyfeiriad arall oedd orau, a byw mewn gobaith y byddai rhywun yno.

Aeth 'nôl at y fenyw y tybiai ei bod yn fam i'r un bach, a thrwy lwc roedd hi'n dal yn y tŷ. Rhoddodd yr un bach yn ôl yn ei gofal amharod. Protestiodd hithau. Sgrechiodd. Roedd yn mwmblan rhyw eiriau cymysglyd ynglŷn â methu ymdopi ac y dylai 'fe' wneud mwy ac ati. Wrth i Steve estyn y cnawd diniwed i freichiau'r un a roddodd fywyd iddo, daeth teimlad o ryddhad, o drosglwyddo'r cyfrifoldeb. Ond yn gymysg â hynny, gofidiai ei fod yn rhoi'r un bach 'nôl yn nwylo rhywun nad oedd yn gallu ymdopi â'i fodolaeth. Yn drwm ei galon, aeth 'nôl i'w dacsi a diflannu i bellter y nos, ei galon yn gwegian wrth gofio am ddigwyddiadau'r hanner awr blaenorol.

Ar ei daith o Gaerdydd y bore hwnnw, ceisiodd ddeall pam i'r stori honno ddychwelyd i'w feddyliau. Mae'n siŵr taw'r babi oedd y sbardun i daith ei feddwl. Er gwaethaf natur dywyll y stori, cysurodd ei hun bod ei feddwl yn ymwneud â babis, plant a bywyd newydd wrth iddo yrru ei gar a gwneud ei waith.

Cododd rhyw foddhad yn ei galon. Byddai ef a Diane yn sicr yn rhoi gwell dechrau i fywyd yr un a oedd ar ei ffordd nag a wnaeth y fenyw yn swbwrbia'r brifddinas i'r un bach a oedd ganddi hi. Babi newydd. Cyfle newydd. Dyna a setlodd ym meddwl Steve wrth i'r car bellhau oddi wrth y ddinas ac agosáu at y Cymoedd.

Roedd Steve yn sicr yn dechrau mwynhau ei daith y bore hwnnw. Caerdydd a'r cyrion, yna teithio ar hyd y ffordd fawr at Bontypridd, gan basio heibio ffantasi Castell Coch ar y llaw dde a heibio piler brics coch hen bont rheilffordd ar y chwith, a oedd am atgoffa pawb o Jiwbilî Arian y Frenhines yn 1977. 'Pwy aeth i'r drafferth?' holodd Steve ei hun wrth edrych ar y llythrennau a'r rhifau wedi'u gosod mewn brics ar ochr y piler, gan troedfedd a mwy uwchben prysurdeb y dydd. Roedd y teulu brenhinol heddiw'n llenwi'r meddwl a fyddai'n gallu gwacáu mor rhwydd ar daith hir. Y dwys a'r ysgafn fyddai'n llenwi'r gwacter hwnnw fel arfer. Dyna un peth oedd yn anodd iddo'i ddeall am Lloyd. Roedd e'n dwlu ar y teulu brenhinol, fe a'i deulu, pob un ohonyn nhw. Pobl y Gymanwlad wedi dod i'r Famwlad ac yn addoli'r Fam Frenhines, er gwaetha'r dadrithiad oedd yn eu haros wedi iddyn nhw lanio. Clywsai Lloyd yn ddigon buan bod ei ewythr, Thomas, wedi colli ei waith yn y ffatri i filwyr gwyn a oedd newydd ddychwelyd o'r rhyfel. Roedd degau o'i ffrindiau yn yr un sefyllfa hefyd. Ond nid ar y Frenhines na'i llywodraeth roedd y bai, meddai Lloyd. Roedd ei lun yn dal ar wal y parlwr a mygiau gwyn y coroni yn saff yn y cwpwrdd.

Ar y gair, clywodd lais Lloyd yn ceisio cysylltu â rhai o'r gyrwyr eraill ar radio'r tacsi. Yna, roedd neges iddo fe:

'Copy, Steve.'

'Copy, Lloyd.'

'Shwd mae, boi? Hei, ni newydd gael galwad fan hyn gan fachan o Ferthyr. Meddwl falle byddet ti'n nabod e gan fod yr outlaws yn dod o'r fan yna. Donald Evans yw 'i enw fe.'

'Dyw ei enw fe ddim yn golygu lot i fi. Pam ti'n gofyn?'

'Wel, daeth Donald bach i Gaerdydd neithiwr i chwarae tricks ar bwys y Custom House, ac ar ôl cael tamed bach o shwd-mae-heddi, doedd e ddim yn gallu tanio'i gar. Roedd yn rhaid i Madam gerdded 'nôl i'r dre er mwyn cario mla'n 'da'i gwaith ac fe gysgodd e yn y car.'

'No way!' meddai Steve yn ôl ar y radio llaw. 'Caria mla'n!'

'Wel, mae Donald yn byw gartre 'da Mami ac wedi dysgu drifo yn 45 mlwydd oed er mwyn gallu dod am drip bach lawr i'r ddinas ddrwg tua dwy neu dair gwaith y mis!'

Roedd Steve wrth ei fodd ac yn chwerthin yn braf wrth glywed y stori.

'Shwd daeth e ato ti 'te, Lloyd?'

'Ishe lifft 'nôl i Ferthyr! 'Sa fe ddim ond tamed bach yn gynt galle ti dy hunan fod wedi gwneud yn siŵr ei fod e 'nôl 'da Mami'n saff! A gallet ti fod wedi clywed y stori i esbonio pam roedd y car ble roedd e hefyd!'

'Fi 'di colli mas man'na, Lloyd. Bydde'r stori 'na'n werth ei chlywed!'

'Ocê, meddwl bydde ti'n lico clywed honna. A gwranda, gan dy fod ti ar daith hir, tro'r thing hyn off os ti moyn llonydd. Siarada i 'da ti wedyn.'

'Diolch, Lloyd. Over.'

'Roger and out.'

Gwenodd yn dawel wrth feddwl am y dyn o Ferthyr a'i deithiau cyson, pleserus i Gaerdydd. Pam roedd e am wneud y fath beth, tybed? Roedd Steve wedi cael digon o sgyrsiau yn ei dacsi gyda Debbie a Lynne pan fu'n gofyn y fath gwestiynau iddyn nhw. Cyffro'r wefr gudd oedd e i nifer fawr o'u cwsmeriaid, medden nhw, yn gymysg ag ofn y posibilrwydd o gael eu dal, a fyddai'n ychwanegu at y profiad.

Ond cofiodd hefyd i Debbie ddweud wrtho, ac yntau'n mynd â'r ddwy i dŷ yn ardal y Rhath, fod ambell un ag anghenion a chymhellion gwahanol.

'Ma'r boi 'ma 'yf fi'n mynd i'w weld e nawr,' esboniodd, 'wel, 'sda fe ddim diddordeb priodi na mynd mas 'da neb. Ond ma fe moyn agosatrwydd a gwres yr hyn 'sda fi i'w gynnig. Ma fe moyn y teimlad 'na yn fwy na gwraig. Mae'n rhy fishi i briodi, medde fe, ond eto ma fe ishe caru.'

Falle taw boi fel'na yw Babi Mami, penderfynodd Steve wrth estyn ei law i ddiffodd ei gysylltiad â'i bencadlys, yn unol â gorchymyn ei fòs. Roedd yn dipyn o newid bod yn gweithio heb y sŵn gwyn bratiog a oedd yn gwmni iddo bob dydd.

'Chwarae teg i Lloyd,' meddai'n werthfawrogol.

Fel 'na fyddai hi ar y cyfan yn Cardiff Cabs. Yn gwbl groes i'r hyn roedd e'n ei ddisgwyl pan gafodd gynnig y gwaith, roedd pawb yn gofalu am ei gilydd ar y cyfan. Oedd, chwarddodd dan ei anadl, er gwaethaf ambell Bucket of Blood a House of Blazes!

Cynigiodd pentrefi'r Cymoedd a'u rhesi o dai cynnes a chyfeillgar osgordd iddo ar ei ffordd i'w alwad. Roedd y dirwedd yn gyfrwng i ffurfio'r bobl hefyd, mae'n siŵr, meddyliodd. Damwain daearyddiaeth. Ochrau dau fryn, ynteu ai mynyddoedd oedden nhw? Roedden nhw'n gwasgu mor agos at ei gilydd nes creu cwm yn llawn cysgodion, a phobl yn byw'n agos iawn at ei gilydd. Pobl yn byw uwchben y pwll, o dan y domen a rhwng y bryniau.

Tybed a oedd y rhain yn fwy o bentrefi na'r 'pentref' dinesig lle roedd e wedi dechrau ei waith y bore hwnnw? Mae'n siŵr fod yna ambell Debbie a Lynne yn twymo gwelyau'r tai teras hyn hefyd, ac wedi gwneud hynny ers cyn i'r glo ddod yn frenin. Cofiai siarad â Lloyd am y ddwy hynny a'u tebyg. Gwneud rhyw sylw ffwrdd-â-hi wnaeth e, eu bod nhw'n broblem mewn ardal a welsai gymaint o newidiadau.

'Gei di job i'w symud nhw, ma nhw 'ma ers blynyddoedd mawr. Ma nhw'n gymaint rhan o stori'r lle 'ma â'r glo a'r llongau. Fi'n cofio fy ewythr Thomas yn dweud wrtha i am riots ar y sgwâr, ymladd am ddyddie, a hynny oherwydd menywod fel nhw.'

'Pam?' Roedd Steve am wybod mwy.

'Wel, amser rhyfel o'dd hi, a lot o'r dynion wedi mynd bant i ymladd – gan gynnwys lot o'r pimps. Roedd yn rhaid i waith y menywod fynd yn ei flaen, wrth gwrs, ac fe wna'th lot o'r dynion lleol, y rhai oedd yn byw yn yr un patshyn â fi, benderfynu cymryd y merched i'w gofal. Ac yn ôl nhw, rhoddon nhw well gofal iddyn nhw na'r gofal roedden nhw'n gyfarwydd â'i gael cynt. Roedd y merched yn ca'l day out ambell waith, trip i lan y môr neu rywbeth tebyg. Wel, sôn am bad timing, roedd dau neu dri o'r dynion wedi mynd â grŵp o ferched ar un o'r day outs 'ma i Gasnewydd. Ond heb yn wybod iddyn nhw, roedd hynny ar y diwrnod pan dda'th lot o'r bois 'nôl o'r rhyfel.

'Pan gyrhaeddon nhw 'nôl o'u trip, roedd y bois wedi cyrraedd adre, a'r pimps gwreiddiol yn eu plith. Pan ffindon nhw mas fod eu merched nhw ddim lle dylen nhw fod, doedden nhw ddim yn hapus o gwbwl.'

'Galla i ddychmygu! Beth ddigwyddodd?'

'Wel, aeth pethau'n wyllt. Roedd y bois ddaeth 'nôl o'r rhyfel yn aros am y merched a'u cwmni wrth ymyl y gofgolofn grand 'na sydd yng nghysgod yr orsaf. Roedd degau o bobl yno, yn aros i lai na dwsin o bobl ddod gartref. Fe aeth hi'n ymladd ffyrnig uffernol, a daeth y plismyn yn y diwedd i wasgaru pawb. Ond nethon nhw ddim lot o les. Parhaodd y trwbwl am ryw dri diwrnod wedi hynny.'

'Pam mor hir?' holodd Steve.

'Wel, y pethe ro'n nhw'n gweiddi! Awgrymu bod lot o'r dynion 'na'n perthyn yn agos iawn i fwncïod. Ro'n nhw'n gwneud synau mwnci, yn gweiddi, rhegi, taflu bananas, y cwbwl lot. Ma'n siŵr y bydden nhw wedi derbyn pethe damed bach yn well os taw rhai o fois Caerdydd fydde wedi cymryd eu lle tra bo nhw bant. Ond dynion du? Wir? 'Na beth o'dd y broblem. Pobl dduon gyda'u merched nhw! Doedden nhw ddim am feddwl am y peth.'

Pwysleisiodd Lloyd y gair 'du' gyda ffyrnigrwydd ond roedd Steve wedi'i glywed o'i enau cyn hynny. Mentrodd gyfraniad digon llipa i geisio lleddfu'r teimladau.

'O'n i ddim yn meddwl bod pethe mor wael â hynny yn ystod yr Ail Ryfel Byd, Lloyd.'

'Y Rhyfel Byd Cynta o'dd hwn, achan! Teulu Dorothy, gwraig Thomas, ddywedodd y stori wrtho fe.'

'Ond wnaeth e ddim stopio miloedd mwy ohonoch chi ddod 'ma wedyn, do fe?'

Doedd Steve ddim yn deall yn iawn.

'Wel,' dechreuodd Lloyd ei ateb gyda phwyll nodweddiadol pobl y Caribî. 'Tri diwrnod o'dd hwnna, tri diwrnod o atgasedd. Ni 'ma ers canrif, a'r adeg hynny, fel nawr, roedd y croeso'n fwy cyson na'r gwrthdaro. A beth bynnag, ma pob dyn o'n plith ni wedi priodi chwaer rhywun arall!'

Chwarddodd yn iach, a throi 'nôl at y radio i ddosbarthu ei yrwyr eraill drwy strydoedd y ddinas a'i chyrion, cyn i'r sgwrs fynd ormod o ddifri.

Roedd y pyllau glo i'w gweld fan hyn a fan draw erbyn hyn, a Steve yn mwynhau'r tawelwch heb orfod clywed gorchmynion i'r gyrwyr eraill. Ar y dde iddo, rhesi anniben, unffurf o dai cymharol newydd, hanner ffordd lan y bryn cyn cyrraedd y coed bytholwyrdd ar ei gopa, oedd yn ymdebygu i goron. Tai'r cynllunwyr.

I'r chwith cyn hir, pwll glo Merthyr Vale, fel twrch mawr du yng nghanol y coed ac wedi'i hanner amgylchynu gan dai teras y glowyr. Tai cyffredin.

Uwch eu pen, sawl bwa gwyn llachar mewn dwy res hir yn ymestyn ar hyd ochr y bryn, ac o dan bob bwa, carreg fedd. Ymhob bedd, arch yn dal plentyn.

Aberfan. Chwarter wedi naw. Tomen. Pantglas. Bethania. Dau fedd anferth. Geirfa trychineb byd-eang.

Roedd hi'n rhy gynnar i Steve bendroni gormod. Nid adeg i bwyso a mesur oedd yr amser hyn o'r dydd. Gwnaethai hynny droeon dros y blynyddoedd wrth wneud yr un daith at deulu ei wraig. Edrychodd draw y bore hwnnw i gyfeiriad yr atgof, a gadael i'r tawelwch olchi drosto. Daeth sawl teimlad i'w feddwl yn y distawrwydd cyfarwydd hwnnw.

Cofiodd am rieni ei wraig yn dweud taw Aberfan a ddysgodd, neu a orfododd, iddyn nhw ofyn 'Pam?' am y tro cyntaf. Doedd e ddim yn deall hynny'n iawn y tro cyntaf iddo'i glywed. Ond roedd aeddfedrwydd amser wedi peri iddo ddeall. Deallodd Steve y gweithiwr pa mor annheg oedd y cyfan. Deallodd Steve y tad pa mor afresymol o dorcalonnus oedd yr holl ddigwyddiad. A dyna'r tro cyntaf iddyn nhw ddod yn gyfarwydd â'r gair 'slurry' hefyd. Cofiodd iddo gael ei syfrdanu wrth glywed bod Eddie Thomas ar ei ben-gliniau yn Aberfan, yn tynnu'r rwbel, y cerrig a'r coed o'r llifogydd du, a'r croen yn cael ei rwygo oddi ar ei fysedd. Ac yntau'n focsiwr o fri. Cofiodd lun o fachgen bach penfelyn yn cael ei gario o'r ysgol yn fyw a'r argraff roedd hynny wedi'i chreu ar feddwl plentyn…

Doedd e erioed wedi ymweld â'r pentref cyn hynny, a chofiodd am effaith enfawr y digwyddiad ar ei deithio teuluol cyson ar hyd y ffordd o Gaerdydd i Ferthyr.

Ac ymylon tref Merthyr yn agosáu, a phwll Pantglas yn mynd a dod ar y llaw chwith iddo, roedd hi'n amser aildanio radio'r car er mwyn derbyn cyfarwyddyd manylach gan Lloyd. Wrth iddo agosáu at y gylchfan ger ffatri Hoover, cododd rhyw ddyn ei fraich yn yr awyr a galw'n obeithiol am wasanaeth Steve a'i dacsi. Cododd yntau ei law'n ôl a dweud 'Sori' yn ddigon cwrtais, cyn parhau â'i daith a dechrau dringo i'r dde uwchben Merthyr ac at ffordd Blaenau'r Cymoedd.

Rhyngddo fe a stad y Gurnos ac Ysbyty'r Tywysog Charles

y pen arall i'r dref, llenwid y gwastadedd gan adeiladau prif dref Cymru ar un adeg. Roedd Steve yn gyfarwydd â'r dref fel y man lle roedd ei fam-yng-nghyfraith, Moira, yn byw: tref y caru cynnar, y cusanu a'r cofleidio lletchwith yn seddi'r ABC.

Y dyddiau hyn, dyma'r lle y gallai Diane a Matthew ddianc iddo er mwyn osgoi unigrwydd ei shifftiau anghymdeithasol e ac, yn weddol aml, y tri ohonyn nhw am seibiant rhad dros benwythnos a *babysitter* yn gynwysedig iddo fe a'i wraig. Ond doedd dim amser am baned gyda Moira heddiw, er y byddai hynny'n ddigon derbyniol ar hyn o bryd, a'r brecwast a gawsai bron yn angof.

Rhaid cyfaddef bod brecwast sbesial 'da Moira ac roedd e wedi manteisio ar hwnnw yn weddol aml. Gwnâi frecwast oedd yn ddigon da i bencampwr, yn llythrennol – Moira'r fenyw capel barchus fyddai'n arfer bwydo bois clwb bocsio Dowlais pan oedd Eddie Thomas yn hyfforddi'r goreuon, yn ôl Diane wrth iddi adrodd yr hanes.

Dechreuodd yr holl beth yn ddisymwth un noson pan ddaeth ei mab, David, adre ar ôl bod yn ymarfer bocsio ei hun. Daeth i mewn trwy'r drws, ei fag ar ei gefn, a gofyn i'w fam a fyddai ots 'da hi bod rhywun yn aros gyda nhw dros nos.

Doedd hi ddim yn rhy hapus.

'Sdim lle 'da ni fan hyn. Ble ti'n meddwl ti'n byw, achan, Buckingham Palace neu Muriel Terrace, Dowlais?'

'Plis, Mam. Ma fe'n dod o'r Alban a ma fe'n grwt ffein ofnadw.'

'Yr un size yw'r tŷ shwd bynnag fachan yw e.'

'Ond newch chi ddim sylwi fod e 'ma, Mam. Fi'n addo.'

Pendronodd Moira. 'Heno, a dim ond heno. A 'na'i diwedd hi wedyn, ti'n clywed?'

'Diolch, Mam!' meddai wrth fynd at y drws ffrynt a galw ar ei gyfaill i mewn i wres yr aelwyd.

Yn ffrâm y drws, safai crwt ifanc caled yr olwg, ond heb fod yn gyhyrog. Wyneb cochlyd a gwên fach ddiniwed ac ystyried ei fod am ennill ei fara menyn yn rhoi dynion eraill ar wastad eu cefnau ar lawr y sgwâr. Mewn ffordd a weddai i rywun o'i chefndir hi, ceisiodd Moira ddadansoddi ei wendidau a'i rinweddau yn yr amser a gymerai i'w llygaid fynd o'i gorun i'w sawdl. Yn yr achos yma, roedd hynny'n ddigon a doedd dim angen i'w llygaid wneud yr un siwrnai 'nôl lan er mwyn bod yn hollol siŵr. Doedd e ddim yn ddyn rhy ffôl, digon dymunol ac roedd y ffaith ei fod yn dod o'r Alban yn help mawr.

'Thank you, Mrs Jones, very much indeed.'

Symudodd i gyfeiriad y gadair gan estyn ei law tuag at Moira. Derbyniodd hithau'r cyfarchiad gyda rhyw swildod a syfrdanodd ei mab.

'You're very kind,' ychwanegodd Keith, a'i acen yn dechrau setlo'n ara deg ym meddwl Moira. Roedd y deg gair cyntaf yn acen yr Albanwr yn gymharol hawdd i'w deall. 'Gobeithio y bydd e fel hyn drwy'r amser,' oedd yr unig beth a ddaeth i'w meddwl, yn ddiarwybod iddi, wrth iddi edrych a gwenu am yn ail ar Keith.

'Tired, are you? Hungry?'

A chyn fod yna ateb, bant â hi i wneud bwyd iddo am y tro cyntaf, ond nid y tro olaf o bell ffordd.

Cofiodd Steve y sioc yn llais ei fam-yng-nghyfraith, flynyddoedd wedyn, pan ddywedodd hi wrtho am syndod y bore canlynol. Codasai Keith am chwech, a Moira erbyn hynny yn yr ardd. Roedd e'n barod i fynd allan i redeg, a hithau'n holi am ei frecwast. Er mawr syndod, ei ateb oedd dweud wrthi ei fod yn arfer cael wyth wy bob bore – cyn mynd allan i redeg! Ac wedyn brecwast arall ar ôl dod 'nôl! Roedd hi'n gwbl amlwg ar wyneb Moira nad oedd cymaint â hynny o wyau yn y tŷ ac na fyddai yna erbyn yr ail frecwast y diwrnod hwnnw chwaith!

Gallai Steve ei chlywed hi'n holi mewn penbleth, 'Ffordd alla i gadw hwn mewn brecwast heb sôn am bob pryd arall?'

Diolch byth bod ei mab wedi trefnu arian wythnosol iddi o'r clwb bocsio er mwyn bwydo Keith. Trodd yr un noson yn nosweithiau ar y tro bob nawr ac yn y man wrth iddo fe ddod i lawr o'r Alban i gael ei hyfforddi ac aros bob tro gyda'r un y byddai'n ei galw 'My Welsh Mam!'.

Roedd tacsi Steve ar hewl Blaenau'r Cymoedd erbyn hyn, a holl chwedlau'r A470 a glywsai ar ei deithiau wedi llifo 'nôl i'w feddwl. Doedd diwedd ei daith ddim yn bell iawn, a byddai arno angen manylion cyfeiriad y dyn oedd yn aros amdano gan Lloyd ar y radio.

Aeth at yr ail gylchfan a throi oddi ar y briffordd ac i lawr drwy un o gymoedd Blaenau Gwent.

6

Y streic:

Bws

'MAGGIE! MAGGIE! MAGGIE! Mas! Mas! Mas!'
Roedd yna dyrfa go dda ym mhwll Pantglas y bore hwnnw. Dynion. Menywod. Plant. Ac ym mabandod y diwrnod, roedden nhw'n lleisiau da yn barod.

'Maggie! Mas!'

'Maggie! Mas!'

'Maggie! Maggie! Maggie! Mas! Mas! Mas!'

Roedd yna gannoedd o bobl wedi casglu wrth geg y lofa a mwy o faneri nag ar unrhyw fore arall. Baneri'n galw am lo yn lle dôl, am gadw pyllau ar agor, ac yn gwawdio byddin las Maggie am wneud ei gwaith brwnt hi drosti. 'Maggie's Boot Boys.' Dyna lle roedd y tensiwn ar ei ffyrnicaf, wrth i wrthrych y geiriau sefyll wyneb yn wyneb â'r rhai oedd yn bloeddio. Edrychai'r naill i fyw llygaid y llall.

'Shwd 'yt ti'n gallu sefyll man'na, gwd boi bach, ac edrych i lyged rhai o'r dynion sydd yn sefyll o dy fla'n di fan hyn?'

Roedd Derrick wedi dechrau'n barod, a'i drwyn bron â chyffwrdd trwyn y rhingyll a safai ar ddyletswydd o'i flaen, a bys cyntaf ei law dde yn symud 'nôl a blaen i gyfeiriad brest yr heddwas gan ddod i stop drwch blewyn rhag ei daro bob tro.

'O's tân glo 'da ti gartre? O's e? Y? Pwy sy'n nôl y glo? O ble daw e, y pwrs? Gwêd!'

Safai'r plismyn yn dawel yng ngwyneb cyfarth y glowyr. Roedd eu hwynebau mor ddifywyd â'r tarianau roedd rhai ohonyn nhw'n eu cario. Wynebau pocer, ond llond trol o deimladau a meddyliau gwahanol yn corddi o dan y caledi.

Y bore hwnnw roedd gan y plismyn eu stori eu hunain i'w diddanu ac i'w thrafod ar bob cyfle posib. Stori fawr y dydd iddyn nhw oedd y ffaith fod un o'r merched o'u plith, ar ddiwedd ei shifft, wedi galw yng nghartref un o'r glowyr ifanc wedi iddi ddod wyneb yn wyneb ag e ar ddyletswydd y tu allan i'r pwll. Cafodd gyfle i ddod i'w adnabod yn well yn y gwely. Aethai'r stori ar led fel tân gwyllt y bore hwnnw. Roedd hi 'nôl ar ddyletswydd a'r dynion wrth eu bodd yn ei phoeni ac yn holi am fanylion ei chamwedd. I'r rheiny a brotestiai y tu allan i'r pwll, roedd chwilfrydedd ynglŷn â'r hyn a gadwai'r plismyn mewn hwyliau gwell nag arfer ar y llinell biced. Y farn gyffredinol oedd eu bod yn ymhyfrydu yn nhranc y glowyr.

Roedd bois y newyddion i gyd yno unwaith eto, yn mwynhau'r cyffro newydd. Mwy o stori, llai o waith chwilio. Pawb ond Dylan, hynny yw. Roedd e ymhellach i lawr y cwm ar ochr yr hewl y tu allan i'r caffi, gyda'r sgabs. Roedd rhyw hanner cant yno y bore hwnnw yn barod i fynd 'nôl, a Tony wedi sicrhau eu bod nhw'n fodlon i Dylan deithio ar y bws gyda nhw i mewn i'r gwaith. Roedd ei beiriant recordio gydag e'n barod i wneud sylwebaeth ar y pryd wrth i'r bws fynd heibio'r llinell biced. Doedd dim diben dangos ei fod yn bryderus. Er iddo fod ar y bws gyda sgabs Pentre'r Mynydd eisoes, roedd yn ddigon profiadol i wybod taw profiad go wahanol fyddai teithio gyda sgabs Pantglas.

Daeth y bws at y glowyr, a chaets trwchus am y ffenest flaen, rhag ofn. Os oedd unrhyw un o'r sgabs am newid ei feddwl, doedd hynny ddim i'w weld ar wyneb yr un ohonyn nhw. Daethon nhw i mewn i'r bws a mynd ar daith nad oedden nhw wedi profi ei thebyg o'r blaen. Edrychodd Dylan o un glöwr i'r llall yn araf a gofalus. Gwelodd ei gefnder yn eistedd ychydig seddi y tu ôl iddo. Doedd dim diben na modd ei anwybyddu.

'Ti'n iawn?' gofynnodd Dylan.

'Itha da. Ti'n gwbod fel mae pethe, Dyl.'

'Gwranda, fe ddo i'n syth i'r pwynt heb bilo wye. Ti'n gwbod cystal â fi y bydd rhai o'r tylwth yn troi 'u cefen arnat ti achos bo ti fan hyn heddi a ti'n gwbod yn iawn pwy 'yn nhw. Sa i'n gweud os 'yf fi'n cytuno 'da ti ne' beido, ond roia i ddim amser caled i ti. Rhyngot ti a dy bethe.'

'Diolch, Dyl. Ond ti ddim yn mynd i holi fi, wyt ti?'

Gwenodd Dylan arno'n wybodus â rhyw edrychiad a oedd yn dweud yn ddigon clir taw fe oedd y person lleiaf tebygol ar y bws i gyd i gael meicroffon Dylan dan ei drwyn. Wrth iddo droi oddi wrth ei gefnder, rhoddodd Dylan wên dipyn mwy ystyrlon pan gofiodd am stori a gododd o gythrwfl y streic yn ystod y dyddiau diwethaf. Aethai i guro ar ddrws ambell löwr yn y pentref er mwyn gweld a oedd yna ryw stori gan rai ohonyn nhw i'w hadrodd a fyddai'n treiddio'n ddyfnach na 'Ma rhaid i ni ennill' neu 'Allwn ni ddim gwneud dim byd arall' a 'Blydi Margaret Thatcher'. Agorodd un glöwr ei ddrws i Dylan, a datblygodd sgwrs ddigon tanllyd rhyngddyn nhw. Nid bod y ddau'n anghytuno, ond roedd y glöwr yn amlwg dan deimlad, a baich ei achos yn pwyso'n drwm arno. Chlywodd Dylan fawr ddim oedd yn newydd, ond roedd ei angerdd yn chwa o awyr iach er hynny. Wedi peth amser, a'i wraig erbyn hynny wedi dod i'r drws i weld beth oedd yn digwydd, dechreuodd ddilorni'r dyn oedd yn byw drws nesaf. Galwodd y dyn hwnnw'n bob enw dan haul, gan ddefnyddio iaith gras a chas. Ar hynny, ychwanegodd ei wraig ei chyfraniad cyntaf i'r sgwrs.

'A ma hi'n fwy o bishyn 'na fe! Real pishyn ffit. Sdim rhyfedd bod e wedi dewis mynd 'nôl i'r gwaith. Ma'n siŵr 'da fi bod ca'l ffeit ar y llinell biced yn rhoi mwy o lonydd iddo fe 'na byw gartre 'da honna drwy'r dydd!'

Aeth y ddau yn eu blaenau dipyn mwy, a Dylan yn gwrando ac yn holi'n gwrtais.

'Chi ishe dod mewn?' gofynnodd y gŵr iddo.

Gwrthododd Dylan, a chyda'r un cwrteisi ffarweliodd a throi ar hyd llwybr eu cartref yn ôl at ei gar. Roedd eu geiriau yn chwyrlïo yn ei ben, ac yntau heb wybod sut roedd gwneud synnwyr o'r meddyliau amrywiol hyn. Roedd y glöwr a'i wraig newydd wawdio ei gefnder yn gwbl agored yn ei wyneb. Teimlai'n ofnadwy ond yn falch, yn fwy na dim, iddo gadw rhyw elfen o barchusrwydd proffesiynol trwy dderbyn yr hyn a ddywedwyd am ei deulu heb frathu 'nôl. Brysiodd ei gam rhag ofn i'w gefnder ei weld trwy ffenest ei dŷ, a sylwi iddo fod yn nhŷ dyn a oedd yn amlwg yn elyn iddo, ac i ffwrdd ag e. Ar y bws, a'i gefnder yn eistedd yno'n dawel, daeth yr atgofion hynny i gyd yn ôl iddo. Taflodd gip at ei gefnder. Roedd bron â bod yn teimlo'n flin drosto.

Ond rhaid oedd i Dylan fwrw 'mlaen â'i waith a pharhaodd i edrych o'i gwmpas gan geisio penderfynu pwy oedd fwyaf tebygol o siarad ag e ar dâp. Dewisodd ddau neu dri opsiwn, a phenderfynu aros am ei gyfle.

Symudai'r bws i fyny'r cwm gan stopio nawr ac yn y man i godi rhagor o lowyr a oedd am fynd 'nôl i'r pwll. Clywyd ambell ebychiad o syndod o enau'r rhai a oedd ar y bws yn barod wrth weld rhyw löwr annisgwyl yn ymuno â nhw. Trodd ambell un at gyd-deithiwr a golwg 'Fydden i byth yn meddwl y dele fe 'nôl' ar ei wyneb, ond ddywedodd neb air ar goedd. Doedd neb am wneud gormod o ffys, dim ond mwmial rhyw air bach tawel o anogaeth a chadarnhad iddyn nhw wneud y penderfyniad iawn wrth iddyn nhw eistedd yn eu hansicrwydd.

Ymhen tipyn, setlodd y sgwrs i ryw fath o normalrwydd. Beth gafodd ei wneud gan bwy y diwrnod cynt, sut roedd hwyliau amrywiol aelodau'r teuluoedd perthnasol a beth oedd helynt presennol y tîm a ddenai ffyddlondeb y glowyr beth bynnag oedd siâp y bêl.

I ddau tua chanol y bws, straeon am anturiaethau glowyr ar streic oedd hi.

'Es i lan â'r crwt i'r tip ddo'! O'dd e'n mynnu mynd â rhidyll ei hunan. Do'dd hi ddim digon da rhannu un fi 'da fe! Dylet ti weld e'n rhofio'r cnape a'r dwst a'r cerrig i gyd yn un fel 'se dim fory. Fi'n gweud wrthot ti, nele fe jobyn tidi dan ddaear…'

'Fyddet ti ddim ishe iddo fe fynd dan ddaear, fyddet ti? Sbosib bo ti ishe iddo fe dy ddilyn di a tithe'n gwbod yn gwmws beth sydd o'i fla'n e?'

'Wel, sa i'n gwbod, achan. Ma glowyr yn y teulu sbel cyn bo fi 'di gweld gole dydd y byd 'ma a bydde fe'n neis meddwl bod hwnna'n cario mla'n. Ond fi'n gweld falle bod pethe gwell y gall e neud erbyn heddi…'

Cyn iddo orffen, roedd trydydd glöwr wedi ymuno yn y sgwrs:

'Os bydd dan ddaear ar ôl pan fydd e wedi tyfu lan!'

'Ti itha reit, myn yffach i. Faint yw oedran y crwt 'da ti?'

'Newydd ga'l 'i wyth. Faint yw dy un di nawr?'

''Run oedran. Pe bydden nhw yn yr un ysgol bydden nhw yn yr un dosbarth. Gobeitho bydd digon o bylle glo iddyn nhw ddewis peidio mynd iddyn nhw, 'na gyd weda i.'

Dim ond milltir o'r daith oedd ar ôl, felly roedd hi'n bryd i Dylan ddechrau holi, cyn i nerfau'r glowyr droi'n broblem. Teimlai'r tensiwn y bore hwnnw a phenderfynodd na fyddai'n bosib eu cael i siarad wrth iddyn nhw agosáu at y pwll. Roedd wedi clywed darnau o'r sgwrs ynglŷn â stopio'r trên mewn ardal arall a phenderfynodd fynd at y rhai oedd yn trafod hynny. Clywodd y lleill yn galw un o'r bois yn Geraint, a chredodd fod hynny'n lle da i ddechrau. Roedd cyfarch rhywun wrth ei enw wastad yn ffordd dda o dorri'r garw wrth fynd ati i holi. Roedd Dylan hefyd yn gwybod i Geraint deithio pellter y bore hwnnw. Roedd tacsi wedi'i ollwng wrth y bws a'r bois eraill yn ei boeni'n ddienaid ynglŷn â chael *chauffeur* i'w hebrwng 'nôl i'r gwaith.

'Oes siawns cael gair bach 'da ti ar gyfer y radio?'

Ddywedodd e ddim 'ie' na 'na' chwaith, felly daliodd Dylan ati i'w holi.

'Pam 'ych chi wedi dewis mynd 'nôl i'r gwaith?'

'Mae'n amser mynd 'nôl nawr, ne' bydd dim byd 'da ni i fynd 'nôl iddo fe.'

'Os ydw i wedi deall yn iawn, chi'n gorfod teithio yn eitha pell i ddod 'ma. Mae'n dipyn o drafferth ac ymdrech i chi wneud hynny, ond ydy?'

'Dim mwy nag i neb arall.'

'Ond ma rhaid i chi gael eich cludo at y bws mewn tacsi yn gynta ac yna ymuno â'ch cyd-lowyr ar eu taith i mewn i'r pwll. Ma lot o ymdrech i drefnu hwnna i gyd a lot o amser teithio i chi. Ody e'n werth yr ymdrech?'

'Odi. Erbyn hyn ma fe. Shgwlwch ar fois y pwlle sha'r Gorllewin 'na. Ma mwy yn mynd 'nôl fan'na nag yn unman arall. 'Na chi syniad o shwd ma pawb yn twmlo go iawn. Falle ma nhw sydd wedi 'i deall hi. Gymra i siawns taw nhw sy'n iawn.'

Roedd rhai o'r glowyr eraill wedi dod i ddeall bod Dylan yn holi, ac wedi troi i wrando. Roedd rhai am dynnu coes wedi i un o'u plith ddweud ei fod yn credu y byddai'n rhaid i bawb fynd 'nôl yn y diwedd gan nad oedd modd ennill.

'Gad dy gelwydd, achan,' meddai un a glywodd e'n doethinebu. 'Y Mrs sy wedi dy fforso ti 'nôl i witho! Hi sy wedi dy dwlu di mas, na'r gwir on'd tyfe.'

'Ma hi wedi ca'l digon arnat ti dan dra'd a ishe ti 'nôl dan ddaear!'

Chwarddodd y gweddill yn orfrwdfrydig ac yn nerfus, y ffraethineb annisgwyl, trwsgl wedi rhoi cyfle i leddfu rhywfaint ar y tensiwn. Gwenu'n dawel wnaeth testun y tynnu coes, a throi 'nôl at Dylan i ddisgwyl cwestiwn arall, ac yntau wedi cydio yn yr abwyd a daflwyd ato.

'Fe fyddai rhai'n dweud,' manteisiodd Dylan ar ei gyfle,

'taw'r gwragedd sy'n rhoi pwysau arnoch chi ddynion i fynd 'nôl. 'Na'r gwir reswm ar ddiwedd y dydd. Ydy hynny'n wir?'

'Nag ydy.'

'Onid yw hi'n wir dweud bod cryn dipyn o bwysau arnoch chi i fynd 'nôl i weithio o gyfeiriad eich gwraig chi, a gwragedd eraill tebyg? Nhw, wedi'r cyfan, sy'n wynebu'r straen o fwydo'r teulu a chadw pawb yn gytûn, on'd tyfe?'

'Wi'n anghytuno'n llwyr bod y gwragedd yn rhoi pwyse arnon ni. Ma hi'n deall pam 'yf fi moyn dod 'nôl. Ond galla i weud yn straight, 'y mhenderfyniad fi o'dd e a neb arall! Ma teulu 'da fi i'w fwydo!'

Bloeddiodd y glowyr eraill eu cymeradwyaeth.

'Hei, Dylan,' gofynnodd un ohonyn nhw, 'pam 'yt ti'n siarad yn wahanol ar y radio? Pan ti'n siarad â ni, ni'n deall ti ond ti'n iwso geirie gwahanol ar y thing 'na!'

Ymlaen â Dylan â'i holi, yn ei arddull arferol, gan anwybyddu herio ei gyd-deithwyr.

'Ydy'r ffaith eich bod chi wedi dewis mynd 'nôl i'r pwll yn arwydd bod y streic wedi methu?' gofynnodd i ddau a eisteddai tua'r blaen.

'Mae'n rhy gynnar i weud,' meddai un.

'Ma rhai'n galw'r streic 'ma yn "The Great Strike",' ychwanegodd yr un ar ei bwys. 'Beth sy'n "great" amdano fe? Ma'r heddlu'n pwno ni, ma Thatcher ishe cael gwared arnon ni a ma'r TUC a Kinnock yn cachu arnon ni. Grêt!' A throdd 'nôl i wynebu cyfeiriad ei siwrnai i'r pwll.

'A beth amdanoch chi, pam 'ych chi'n mynd 'nôl?'

'Wel, fi wedi bod yn y gwaith glo ers blynyddoedd a sdim sbel 'da fi fynd cyn cwpla. Os arhosa i mas, a'r pwll yn cau, falle ga i ddim yr arian sy'n ddyledus i fi am witho 'na mor hir. Sa i am dwlu hwnna bant er mwyn neb. A beth bynnag, ni wedi bod mas am fisoedd yn barod a do's dim wedi'i gyflawni wrth aros mas!'

Doedd neb arall am siarad â Dylan, ond roedd yn ddigon bodlon ei fyd â'r hyn a gawsai. Roedd golau'r pwll yn agosáu a hithau'n amser iddo roi trefn ar ei sylwebaeth wrth i'r cerbyd yrru trwy'r llinell biced. Eisteddodd pob un yn ôl yn eu seddi. Roedd yna dawelwch ar y bws erbyn hyn. Pawb yn dechrau sylweddoli maint eu penderfyniad a'u gweithredoedd. Dyma funud yr ofnau. Eiliadau'r ansicrwydd. Pwysau.

Cododd un ar ei draed yn sydyn, a gweiddi mewn llais uchel ond sigledig,

'Na! Alla i ddim neud hyn!'

Trodd rhai o'r lleill ato â golwg a oedd yn cwestiynu didwylledd a chymhelliad ei sylw. Panig munud olaf ynteu newid meddwl, beth oedd y tu ôl i'w gyhoeddiad? Eisteddodd y dyn yn ôl yn dawel yn ei sedd unwaith eto ac aeth y bws yn ei flaen. Ond ar ôl rhai eiliadau, cododd ar ei draed unwaith yn rhagor. Camodd yn fras ymlaen at y gyrrwr a gofyn iddo stopio. I gyfeiliant tawelwch anfodlon y lleill, rhedodd allan i awyr iach y bore ac ar hyd y caeau tua'i gartref.

Roedd y bws wedi croesi'r bont at y pwll erbyn hyn, ac wedi dechrau cyffwrdd ag ymyl y llinell las a safai bob ochr i'r ffordd. Roedd yn ddigon agos i bawb arall weld ei fod wedi cyrraedd hefyd.

'Ma nhw, bois! Ma'r sgabs yn dod!'

'Newch yn siŵr bod 'na groeso twym iddyn nhw!'

Cododd y dyrfa ei baneri unwaith eto. Rhai'n galw am fuddugoliaeth i'r glowyr, yn hawlio bod Thatcher yn talu'r heddlu i gau pyllau, ac eraill yn enwi rhai o'r glowyr a oedd ar y bws gyda'r bwriad o godi cywilydd pellach arnyn nhw. Negeseuon y frwydr. Adnoddau'r ymgyrch.

Dechreuodd y gweiddi gyrraedd clustiau'r bois ar y bws. Cododd lefel y sŵn yn gyflym. Hoeliodd y dychweledigion eu llygaid yn syth o'u blaenau, gan geisio osgoi cael eu gweld. Rhai o'r dorf a symudodd gyntaf, gan redeg at y bws a churo'r ochr â'u dwylo agored ac â'u dyrnau caeedig. Poerodd sawl un at ffenestri ochr y bws, yn syth i gyfeiriad wynebau rhai o'r teithwyr. Rhedodd y poer i lawr ar hyd y ffenestri, yn un llinell wlyb o sarhad.

Ar y bws, roedd y cyffro hwn i gyd yn sŵn cefndirol i ddisgrifiad Dylan o'r hyn a ddigwyddai o'i gwmpas y bore hwnnw. Safai yn y tu blaen, wrth ysgwydd chwith y gyrrwr, gan edrych 'nôl a blaen wrth siarad. O'i flaen roedd y dorf – y picedwyr a'u cefnogwyr yn gwneud eu safiad. Daliodd un hen ŵr a oedd yn dipyn hŷn na phawb arall sylw Dylan wrth iddo sefyll gyda'r protestwyr plygeiniol, ond doedd neb arall yn cymryd fawr o sylw ohono. Wrth iddo ddechrau cyfeirio at yr hen ŵr ar y tâp, clywodd a theimlodd ergyd galed, gadarn ar ochr y bws. Roedd un o'r picedwyr wedi taflu bricsen, gan wneud tolc anferth yn y panel ochr. Fe ddaeth rhagor. Un ar ôl y llall, yn gerrig mawr a mân, brics a darnau o bren, yn gawod gynddeiriog, ddidostur, a'r bws yn un eco o sŵn taro taranllyd, aflafar. Yn y fath dwrw, doedd dim modd rhoi trefn ar y meddyliau, rhaid oedd iddyn nhw ddod yn eu llif naturiol, llif yr ymwybod a oedd yn ymateb i ddigwyddiadau unigryw.

Yng nghanol y gawod, plygai rhai o'r dynion ar y bws yn eu seddi, gorweddai ambell un ar y llawr rhwng y seddi tra eisteddai ambell un arall yn union fel yr oedden nhw pan ddechreuon nhw'r daith. Cuddiai Geraint y tu ôl i sedd y glöwr o'i flaen, ac roedd Tony ar y llawr wrth ei ymyl, wedi symud 'nôl i ganol y bws, ymhell o derfysg y seddi blaen. Doedden nhw ddim am roi'r argraff bod yr hyn a oedd yn digwydd o'u cwmpas wedi cael unrhyw effaith weledol arnyn nhw.

Y llinell biced swyddogol a'u hwynebai nawr. Un rhes o bendantrwydd styfnig, di-ildio. Closiodd y picedwyr at ei gilydd i gau unrhyw wendid posib ac i sefyll yn y bwlch. Roedd Derrick, Mike, Andrew, Marc, Iestyn a Neil yno i gwrdd â Tony, Geraint, Kevin, Dai a'u ffrindiau hwythau. Bois y cwm.

Wrth i'r bws agosáu, camodd yr hen ŵr a welsai Dylan rai munudau ynghynt i ganol y ffordd ac i lwybr y cerbyd. Taflodd ei ffon ar lawr a dechrau plygu ei gorff er mwyn gorwedd ar yr hewl o'i flaen. Ceisiodd rhai a safai o'i gwmpas ei rwystro, ond yn ofer. Cyn hir roedd yn gorwedd ar ei hyd ar yr hewl, yn gweiddi am frad a threftadaeth, etifeddiaeth ac aberth. Roedd dagrau'n ymgasglu yn ei lygaid. Safai pawb o'i gwmpas yn edrych arno gan wybod yn iawn beth oedd arwyddocâd a symbyliad ei weithred. Roedden nhw wedi eu syfrdanu a'u cyffwrdd, a'r hen ŵr yn llonydd ddistaw yn llygad y cyffro. Roedd amser wedi peidio â bod wrth i'r olygfa gwbl annisgwyl yn nrama'r bore ddatblygu o'u blaenau.

Roedd yn amlwg nad oedd yr hen ŵr yn mynd i godi cyn i'r bws gyrraedd a bu'n rhaid iddo stopio o'i flaen. Dyna'r peth diwethaf roedd yr heddlu am ei weld yn digwydd, a sylweddolodd y picedwyr hynny wrth iddyn nhw warchod yr hen ŵr rhag y glas. Rhoddodd gyfle ardderchog i bawb arall ymosod ar darged llonydd, caeth. Fe ddechreuodd y picedwyr a'r bobl leol gerdded mewn cylch o amgylch y bws gan ei daro'n ddi-baid wrth fynd rownd a rownd a rownd fel byddin Joshua: llais yn lle utgorn, maniffesto yn lle Ysgrythur. Dechreuodd rhywun ganu anthem y streicwyr. Wedi'r ddau neu dri gair cyntaf, roedd pawb wedi ymuno yn y canu, gyda'r un angerdd â thorf rygbi'n canu'r anthem ym Mharc yr Arfau:

'I'd rather be a picket than a scab!

I'd rather be a picket than a scab!

Yes I'd rather be a picket, I'd rather be a picket,

I'd rather be a picket than a scab!'

Tôn gron, gyntefig a'r curo yn taro pob ergyd i'w lle. Doedd dim dewis gan yr heddlu ond camu i'w canol er mwyn ceisio cadw'r picedwyr rhag ymosod yn fwy treisgar ar y bws. Ond doedd hi ddim mor hawdd â hynny. Roedd yna fomentwm newydd i'r brotest bellach. Y canu wedi eu huno, presenoldeb y menywod yn hwb ychwanegol a'u targed yn eistedd yn ddiymadferth o'u blaenau. Roedd llygaid y sgabs fodfeddi'n unig i ffwrdd, a'u clustiau'n siŵr o glywed popeth a oedd yn cael ei ddweud, ei weiddi a'i ganu.

'Does dim troi 'nôl! Dim troi 'nôl!'

'Glo nid dôl!'

'I'd rather be a picket than a scabby bastard!'

'Scabs, rot in hell!'

Cydiodd y plismyn mewn sawl un o'r protestwyr a'u taflu i'r naill ochr yn boenus o ddiseremoni wrth iddyn nhw wneud eu gorau i glirio llwybr i'r bws unwaith eto. Ymladdodd rhai'n ôl, a bu'n rhaid i ddau neu dri plisman eu taflu ar lawr er mwyn eu rheoli, ac yna eu dal yno hyd nes iddyn nhw dawelu. Ceisiodd rhai greu aflonyddwch ychydig bellter o'r bws er mwyn tynnu cynifer o blismyn â phosib i ffwrdd oddi wrth y frwydr go iawn.

Wedi peth amser, tawelodd y brotest, a'r hen ddyn wedi'i symud bellach gan y plismyn. Rhuthrodd sawl un o'r menywod tuag ato a'i arwain at y fan lle roedd y glowyr yn gwneud te. Wrth iddo gerdded, roedd ei wyneb yn llawn emosiwn. Emosiwn y blynyddoedd, emosiwn y cenedlaethau ac emosiwn pob unigolyn a fu'n chwilio am lo o dan ddaear Cymru ers dros ganrif. Roedd eu hanes hwy i'w ddarllen yn llinellau dwfn ei groen, a'u poen i'w weld yn ei lygaid oer, tyner. Poen ddoe yn cael ei ddangos heddiw.

Llwyddodd yr heddlu i glirio llwybr o flaen y bws yn y diwedd, trwy gysylltu breichiau â'i gilydd a dal y dorf yn ôl i'r naill ochr. Bôn braich a orfu yn y diwedd. Cadwyn hir syniad y wladwriaeth o gyfiawnder yn dofi'r gweithwyr a'u cydnabod. Ymlwybrodd y bws yn araf at y gât, lle roedd un llinell olaf yn aros amdano. Bwriad swyddogion yr undeb oedd gofyn i'r bws stopio er mwyn ceisio perswadio'r gyrrwr i beidio â mynd i mewn i'r pwll. Ond oherwydd y drafferth funudau ynghynt, roedd yr heddlu wedi ymestyn eu gosgordd at y fynedfa, i rannu'r llinell ola'n ddwy, a llwyddodd y bws i fynd i mewn heb orfod stopio o gwbl.

Trodd aelodau'r dorf eu hwynebau at ffens y pwll a gweiddi rhwng y bariau wrth weld y dynion yn disgyn oddi ar y bws ar dir y pwll ac yn cerdded yn un llinell i mewn i'r adeiladau yn barod i ddechrau diwrnod o waith. Roedd rhwystredigaeth gweld y streic yn dechrau chwalu yn amlwg ymhlith y picedwyr.

'Ma'n rhaid i ni ga'l rhagor 'ma fory!'

'Oes. Lle ma pawb?'

'Ma ishe i ni ga'l llunie'r rhai sy'n arwain y sgabs 'ma 'nôl i'r gwaith a'u rhoi nhw ar bosteri ar bob postyn lamp yn y dre. Gad i'r teuluoedd gael amser caled hefyd a falle bydd pethe'n newid!'

Cafodd yr awgrym gymeradwyaeth frwd ac roedd hi'n amlwg y byddai hynny wedi'i wneud erbyn y diwrnod canlynol.

Rhannai ambell blisman ddarn o siocled gyda'r picedwyr wrth iddyn nhw drafod digwyddiadau'r bore â'i gilydd – darnau a gymerwyd o'r bocs bwyd roedd pob un o'r heddweision yn ei gael am weithio mewn mannau ac ar oriau mor anghymdeithasol. Brechdanau corn-bîff, *Mars bar*, porc pei, afal, teisen ffrwythau, creision a diod oer oedd y lluniaeth a ddarperid.

Ond doedd pob un o'r plismyn ddim mor gyfeillgar, ac roedd rhai'n ymhyfrydu'n gyhoeddus yn yr arian ychwanegol a gaent am weithio ar y llinellau piced.

'Un neu ddwy shifft arall a bydd y villa 'na 'da fi yn Sbaen cyn i chi droi rownd!' gwawdiodd un wrth chwifio'i becyn cyflog yn fygythiol yng ngwyneb grŵp o'r streicwyr.

'Sdim ishe i fi aros mor hir,' gwawdiodd un arall. 'Ma 'nghar newydd i'n cyrraedd fory!'

Fe ddechreuodd un neu ddau o'r glowyr symud yn fygythiol i gyfeiriad y ddau blisman, er mwyn dangos iddyn nhw'n ddigwestiwn sut roedden nhw'n ymateb i'r fath haerllugrwydd amrwd. Ond fe'u rhwystrwyd gan ambell law gadarn.

Roedd Dylan yn anelu tua'r gyfrinfa erbyn hyn, yn fodlon ei fyd am iddo gael cymaint o stori. Cyfweliadau, taith ar y bws a drama'r hen ŵr hefyd. Ar ei ffordd, aeth i un o adeiladau cyfagos y pwll lle gwyddai fod yna ffôn talu. Roedd ganddo ddealltwriaeth y gallai ddefnyddio'r ffôn fan hyn hefyd os oedd taro. Cysylltodd â'i gynhyrchydd, fel y gwnâi ar ôl pob digwyddiad boreol. Fe wnaeth adroddiad dros y ffôn ar gyfer rhaglen y bore, a oedd ar yr awyr ar y pryd, ac yna fe drefnodd unwaith eto fynd i'r stiwdio agosaf er mwyn golygu'r tâp a recordiodd ar y bws a'i anfon i lawr y lein ar gyfer rhaglen amser cinio. Wedi gwneud hynny, cafodd gyfle i ymweld â'r gyfrinfa unwaith eto i gael paned haeddiannol.

Roedd dau neu dri o'r glowyr yn sefyll o flaen poster ar y wal ar y ffordd i mewn i'r ystafell lle roedd pawb arall wedi ymgasglu, a sŵn eu chwerthin iach yn atseinio yn y coridor cul. Llun o'r glöwr a grwydrodd i goflaid wresog un o'r glas! Ac uwch ei ben, pennawd yn dweud 'Un i Scargill!' Uwchben y pennawd hwnnw, 'Un i Thatcher!' Nid hi oedd y cwnstabl cyntaf i gael ei dal ganddo, ac roedd ei fwriad yn amlwg.

'Wel, 'na foi diwardd!'

'Ma rhaid i ti weud bod e wedi gwitho pethe mas yn dda!'

'Gwitho'i ffordd trw'r menywod sy'n blismyn ma fe!'

'Ie, ca'l tamed bach o shwd-mae-heddi a rhoi sbeit i'r moch wrth neud 'ny!'

'A smo nhw'n gwbod taw 'na beth o'dd e'n neud!'

Chwerthin braf eto ar un fuddugoliaeth fach yn erbyn yr awdurdodau.

Ym mhrif ystafell y gyfrinfa, doedd yr hwyliau ddim yn rhy dda. Rhai'n grac, yn gandryll a dweud y lleiaf, nid yn unig oherwydd bod cynifer wedi mynd 'nôl i mewn ond oherwydd bod yna ambell unigolyn yn eu plith nad oedden nhw'n disgwyl ei weld yno o gwbl. Roedd eraill wedi eu tanio i fod yn fwy milwriaethus, gan gynnwys yr un a awgrymodd dacteg y posteri. Roedd e wrthi'n trefnu'r ymgyrch yn barod.

Daeth trysorydd y gyfrinfa at Dylan.

'Hei, pam wedest ti ddim bod dy deulu di'n dod o'r ardal 'ma 'te?'

Roedd Dylan yn ofni cyfeiriad pellach at yr aelod o'i deulu a oedd wedi torri'r streic, ond nid dyna oedd gan y trysorydd mewn golwg.

'O'n i'n meddwl bod ti'n un o'r bois dierth 'na o Gaerdydd.'

Doedd Dylan ddim yn deall.

'Dw i'n byw yng Nghaerdydd,' atebodd.

'Ie, ie, ond 'sen i'n gwbod bod 'da ti deulu o rownd ffordd hyn, bydden i wedi rhoi cyfweliad i ti sbel yn ôl. Ond o'n i ddim ishe rhoi cyfweliad i unrhyw siort oedd yn dod o draw fan'na,' meddai gan bwyntio i gyfeiriad cyffredinol y brifddinas.

Aeth Dylan yn ei flaen i wneud cyfweliad ag e, heb allu credu'r esboniad roedd newydd ei glywed am ei dawelwch trwy gydol yr wyth mis blaenorol. Roedd hi'n amlwg taw'r man lle cawsoch chi eich geni oedd yr ystyriaeth bwysicaf i ambell un wrth bwyso a mesur a oedden nhw'n barod i wneud cyfweliad neu beidio. Ystyried i bwy roedd yr holwr yn perthyn, nid beth oedd ganddyn nhw eu hunain i'w ddweud a pham.

Roedd gan Dylan deimladau ynglŷn â'r streic ac achos y glowyr, wrth gwrs. Pwy yng Nghymru nad oedd ganddo farn neu gysylltiad? Ond roedd ambell agwedd ar y frwydr yn ei flino a dim yn fwy felly na'r ffordd roedd pobl fel fe'n cael eu trin. Y *media* yn cael y bai am bopeth. Roedd lot o'r glowyr yn ddauwynebog hefyd. Byth ers iddo wneud stori yn un o byllau Morgannwg, roedd ganddo flas cas yn ei geg wrth feddwl am y sgwrs a gafodd gydag un o'r streicwyr. Roedd hwnnw'n eistedd ar wal ac yn rhoi'r streic yn ei lle gyda'i ffrind. Gwaeddodd ar Dylan yn ddigon croch:

'Hei'r bastard! Pam 'yt ti'n galw'r boi aeth 'nôl fan hyn yn arwr? He? Gwêd wrtha i! Pam ma fe'n arwr, beth sy wedi neud i ti benderfynu ei fod e'n arwr? Arwr yw dyn sydd yn fodlon mynd heb gyflog am fisoedd diddiwedd oherwydd beth ma fe'n credu ynddo fe...'

'Pryd ydw i wedi dweud bod y boi 'ma yn arwr? Gwêd wrtha i, plis.'

''Na beth o'dd y *Sun* wedi galw fe. 'Nes i weld e'n hunan.'

'A fi 'fyd!' meddai ei ffrind.

'Wel, dw i ddim yn gweithio i'r *Sun*, felly peidiwch â peintio fi 'da'r un brwsh, plis. So hwnna'n deg. I'r radio fi'n gweithio.'

'Chi i gyd 'run blydi peth, achan! Paid trio dod mas o fe fel 'na!'

'Na, so hwnna'n iawn...' meddai Dylan, cyn ystyried a oedd diben trafferthu parhau â sgwrs mor ddiwerth. Trodd i groesi'r hewl. Wrth iddo droi, gwelodd rywbeth ym mhoced cot yr un a fu'n taranu fwyaf yn ei erbyn.

'Beth yw hwnna?' gofynnodd yn ddigon rhesymol ond yn heriol gadarn.

Doedd y cyhuddwr ddim mor gyfforddus na chwaith mor sicr erbyn hyn.

'Beth? Beth ti'n weud? O, dim byd.'

'Y *Sun* yw hwnna fi'n 'i weld yn dy boced di? Ti 'da'r cheek i roi pryd o dafod i fi a ma'r papur sy'n defnyddio'r gair ti'n cyhuddo fi o'i ddefnyddio yn dy boced ti dy hunan. Ma ishe i ti sorto dy hunan mas, gwd boi, cyn ymosod ar unrhyw un arall...'

Trodd Dylan go iawn y tro hwn, wedi'i gythruddo gan dwpdra'r un a fu'n bytheirio arno. Wrth iddo gerdded oddi wrtho, clywodd lais garw yn gweiddi ar ei ôl: 'Dw i ddim ond yn ei brynu fe i ga'l darllen am y chwaraeon...'

Ond roedd Dylan wedi mynd. Teimlai'n falch iddo allu darganfod twll yn nadl ei gyhuddwr mor rhwydd. Ond eto i gyd, roedd y ffaith bod pobl yn gallu meddwl fel 'na yng nghanol brwydr oedd mor bwysig iddyn nhw yn pwyso'n fawr ar ei feddwl. Wedi hynny, blas digon cas fu yn ei geg ynglŷn â'r holl streic.

A'r cyfweliad â'r trysorydd wedi'i gwblhau, gadawodd Dylan y gyfrinfa a dychwelyd at ei gar. Taniodd yr injan, gwisgo'i wregys a pharatoi i symud i ffwrdd. Wrth iddo wneud hynny, gwelodd gar yn dod o'r chwith iddo ar yr hewl o'i flaen ac yn sgrialu i stop sydyn rhyw bum llath i'r dde ohono. Daeth un o'r dynion allan a gwneud ei ffordd draw ato. Ystyriodd Dylan taw dyn oedd am gael gwybod y ffordd i rywle oedd e, felly diffoddodd ei injan ac agor ei ffenest yn barod i siarad ag e.

Cyn gynted ag y gwnaeth hynny, roedd dwrn y dieithryn drwy'r ffenest a reit yng ngwyneb Dylan. Cafodd lond twll o ofn a theimlo'r poen yn ei drwyn. Ceisiodd gau ei ffenest ond cafodd ei ddal gan yr ail ddyrnod hefyd. Llwyddodd i'w chau cyn i'r drydedd ei daro. Drwy'r ffenest gaeedig, gwaeddodd y dyn ar Dylan a'i gyhuddo o ddangos rhagfarn yn erbyn y glowyr yn ei adroddiadau bob dydd. Tarodd ffenestri'r car â'i ddyrnau. Cydiodd yn y *wipers* a'u chwalu. Ciciodd yr olwynion. Rhoddodd ei ben-glin dro ar ôl tro yn ochr y drws gan greu tolc sylweddol ynddo. Tra oedd yn gwneud hyn, gwnâi Dylan ei orau glas i danio'r injan a gyrru i ffwrdd. Llwyddodd i wneud hynny yn y diwedd, ac wrth i'r dyn gicio un o'r olwynion, daliwyd ei goes gan ochr y car wrth iddo fynd heibio gan ei droi yn ei unfan a'i daflu ar lawr, yn un swp o ddicter a rhegfeydd.

Ofnai Dylan y byddai'r dynion eraill yn y car yn ei ddilyn, ond diolch byth, fe arhoson nhw gyda'u ffrind. Gyrrodd Dylan ymaith er mwyn osgoi rhagor o drafferthion. Cawsai gryn ysgytwad, ond ar ôl rhai munudau daeth ato'i hun a sylweddoli iddo hefyd gael stori gwbl bersonol allan o'r anghydfod. Roedd y misoedd hesb blaenorol yn troi'n ffynnon go dda o straeon nawr, meddyliodd, wrth yrru tua'r stiwdio.

Y bore canlynol, roedd hanes ei antur ar dudalen flaen y papur newydd, yn cynnwys dyfyniad gan arweinwyr undeb y glowyr eu bod yn flin am yr hyn a ddigwyddodd ond nad oedden nhw'n gallu cynnig ymddiheuriad swyddogol i Dylan am nad oedd yna brawf taw aelod o'u hundeb nhw oedd wedi ymosod arno. Stori heddiw, papur sglodion yfory.

Ond i Dylan, roedd yn ddilema personol. Doedd dim awydd o gwbl arno i fynd 'nôl i ganol sefyllfa debyg unwaith eto, er cystal stori a gawsai. Dyna fyddai disgwyl iddo'i wneud. 'Nôl ar ddyletswydd y llinell biced, ei feicroffon yn ei law, poen yn ei ben a chysgod dros ei galon. Ond doedd e ddim am fynd. Sgwrs anodd fyddai'r un rhyngddo a phobl bwysig y swyddfa wrth iddo ddadlau ei achos, ond doedd dim dewis ganddo.

'No way, Emlyn, dw i ddim yn mynd 'nôl i ganol hwnna i gyd eto. Dim yn enw talu morgais na dim byd arall…'

'Ti ffili dewis a dethol dy straeon, Dyl,' meddai'r awdurdod ar ben arall y ffôn. 'Fi'n deall beth sydd wedi digwydd ond, er mwyn dyn, man up, achan! Un digwyddiad o'dd hwnna, ffliwc…'

'Nid blydi ffliwc fwrodd fi yn fy ngwyneb, Emlyn, ro'dd mwy o ergyd iddo fe na hynny. Sa i moyn mynd i ganol sefyllfa alle fynd yn waeth y tro nesa. Dwêd wrtha i nawr, wyt ti'n gallu anwybyddu beth fi'n gweud neu oes y fath beth yn bod â hawliau i ohebwyr hefyd?'

'Cym on, Dyl. Ti wedi byw 'da'r stori 'ma am amser mor hir. Ma dealltwriaeth 'da ti o beth sy'n digwydd a pwy yw pwy. Cer 'nôl i Pantglas fory. Ma rhaid i ti, sneb arall ar gael.'

'Be ti wir ishe, Emlyn? Fy mhrofiad a 'nghontacts i ne' llanw gap yn dy amserlen fach bwysig di achos bo neb arall ar ga'l? Pa un yw hi? Dw i ddim yn mynd a 'na'i diwedd hi!'

'Os ti ddim, ti mewn fan hyn yn is-olygydd y tu ôl i ddesg, ti'n clywed?'

Roedd Dylan wedi cael hen ddigon ar fod yn is-olygydd hefyd

ac roedd Emlyn yn gwybod hynny. Rhyddhad aruthrol i Dylan fu cael gadael y ddesg a dechrau gohebu ar hyd y priffyrdd a'r caeau. Roedd wedi blino ar weld y sothach a gâi ei arllwys i'r ystafell newyddion a phobl fel fe'n gorfod eistedd yno'n didoli'r cyfan gan geisio penderfynu beth oedd yn stori dderbyniol. Roedd yr ateb yn syml. Roedd yr hyn a oedd yn stori yn dibynnu ar beth arall oedd yn digwydd. Byddai rhywbeth nad oedd yn stori ddoe yn stori heddiw am nad oedd unrhyw beth gwell ar gael. O leiaf roedd gohebu yn cynnig rhyw amrywiaeth ar y thema honno, ac awyr iach hefyd. Ond roedd pethau wedi newid.

'Iawn, Emlyn, fe wna i hynny. Dim problem. Wela i ti yn y bore.'

'Ti'n deall na chei di ddewis a dethol pa waith ti'n gwneud gan ddibynnu ar shwd wyt ti'n teimlo, on'd wyt ti, Dylan? Mewn byddi di am sbel nawr.'

'Wela i di yn y bore, Emlyn.'

7

Ugain mlynedd wedi'r streic:
Elvis

CERDDODD MATTHEW A'I fam i lawr y tyle ac i mewn i dref Merthyr, heibio nifer o siopau a oedd wedi hen gau a bron cymaint eto a ddylai fod wedi cau, a chryn dipyn a oedd yn peri syndod i bobl oherwydd eu bod yn dal ar agor. Wrth ymyl cylch y siopau roedd yna adeilad anferth brics coch. Hen neuadd y dref. Pob ffenest wedi'i gorchuddio â phaneli pren a'r glaw diwydiannol didrugaredd, glaw brwnt, wedi golchi pob gogoniant o'i wyneb. O edrych arno nawr yn ei gyflwr presennol, roedd hi'n anodd credu bod siâp a chyfeiriad tref mor bwerus wedi'u penderfynu y tu mewn i'w furiau. Ond y tu ôl i fryntni heddiw, roedd ei bensaernïaeth yn dangos hefyd pa mor o ddifri oedd pobl yn y cyfnod hwnnw wrth ei godi, gan iddyn nhw roi cymaint o egni a balchder i ddod â'r fath balas i lywodraeth leol i fodolaeth. Er gwaethaf treigl amser, safai'r adeilad yn gadarn o hyd, er nad oedd y dref heddiw ddim mor sicr beth i'w wneud ag e.

Y drws nesaf iddo roedd y llyfrgell. Man pwysig arall. Yn enwedig i Matthew. Dyna lle y gwelodd ddrysau a oedd yn troi rownd a rownd mewn cylch am y tro cyntaf erioed, ar un o'r gwyliau cyson gyda'i fam yn nhŷ ei fam-gu. Rhaid oedd mynd trwy'r drysau ar bob cyfle posib am ei fod yn antur i blentyn, a hynny ym myd oedolion. Dyna pam iddo ofyn i'w dad dro ar ôl tro a allai fod yn aelod o'r llyfrgell plant, cyn iddo yntau ildio yn y diwedd o dan berswâd di-ildio ei fab. Roedd yr enw Carnegie i'w weld y tu allan i'r llyfrgell, mewn carreg yn wynebu'r hewl fawr, ond chafodd e byth wybod pwy neu beth oedd Carnegie a pham roedd e mor bwysig i Ferthyr. Yr unig Carnegie roedd e'n gwybod amdano oedd yr un ymhell i ffwrdd yn yr Afal Mawr, y man lle roedd rhai o ornestau bocsio mwya'r byd yn digwydd. Byddai pobl Merthyr yn gwybod mwy na digon am y Carnegie hwnnw.

Wedi mynd heibio'r llyfrgell, mewn cilfach fechan yn y wal wrth ymyl y palmant, roedd yna allor i'r Forwyn Fair. Bocs pren rhyw droedfedd a hanner o uchder a throedfedd ar draws wedi'i osod yn ôl yn y wal. Roedd gwydr trwchus ar flaen y bocs, ac o'r tu ôl i'r haen o wydr fe syllai'r Forwyn ar y cerbydau a wibiai heibio heb wybod bod unrhyw un yn edrych arnyn nhw. Roedd hi'n ddiogel yn ei chell a llwch y presennol ar y gwydr yn gwneud iddi edrych fel petai mewn ogof. I unrhyw un a oedd am edrych i mewn arni, naill ai drwy rwbio'r llwch du yn fwriadol neu ar yr adegau prin hynny pan gâi ei glanhau'n iawn, roedd gweld y Madonna a'i phlentyn yn ei chôl yn edrych allan arnyn nhw yn gysur ac yn rhyfeddod. Roedd yn annisgwyl ei gweld ym Merthyr, ac yn annisgwyl iawn ei gweld ar ochr y stryd yn unrhyw le yng Nghymru – ac yn fwy annisgwyl byth fan 'yn.

A ddylai hi fod yno? Dyna a âi trwy feddwl Matthew.

Fan hyn?

Y gwenu heddychlon. Y llygaid tawel. A'r babi.

Creawdwr y byd ym mreichiau ei fam yn edrych ar bobl Merthyr. Y publicanod a'r pechaduriaid ar eu ffordd i WHSmiths neu Boots, i'r banc neu i'r siop *chips*. Y Phariseaid ar eu ffordd ragrithiol i ddau le yr un pryd. Pobl Dowlais, Caeharries, Pant, Galon Ucha a Phenydarren. Ie, a hyd yn oed pobl y Gurnos.

Doedd dim prinder pobl yn yr holl ardaloedd yma a allai deimlo'n un â Mair a'i hun bach. Dim prinder mamau na phlant. Mam a phlentyn a neb arall yn y llun. Roedd Matthew'n hoffi'r ddelwedd honno. Edrychodd o'i gwmpas ar drigolion y dref fel morgrug diwyd.

Faint o'r rhain, tybed, oedd â'u straeon hwy yn y Llyfr? Dim prinder o rai a oedd wedi troi gwin yn ddŵr, roedd hynny'n sicr. Na chwaith bobl a oedd yn chwennych dimai'r weddw. Pobl wedyn a fentrai fyw ar lo pasgedig rhywun arall. Pobl a fyddai'n fodlon derbyn mab afradlon rhywun arall i letya gyda nhw a byw ar bum torth a dau bysgodyn misol y wladwriaeth.

Roedd pawb a phopeth yn gorfod mynd heibio llygaid Mair a'i mab. Roedd ganddyn nhw olygfa o'r holl dref o'u blwch tragwyddol rhwng y banc a'r llyfrgell. Beth fyddai'r babi tragwyddol yma yn ei feddwl o'r dref, tybed? Ai ar un o ddau lyn oeri y gwaith dur uwchben Dowlais Top y cerddodd ar y dŵr? Ai ym Mhontsticill y byddai'n porthi'r pum mil? Ai yng Nghefncoedycymer roedd Lasarus yn byw, a'r claf a ddioddefai o'r parlys yn cael ei wella ar y Gurnos gan fod yr ysbyty'n llawn? Ai Cyfarthfa oedd Golgotha?

Ond heddiw, fel pob diwrnod arall, doedd y Forwyn a'i mab ddim wedi gwneud tamaid o wahaniaeth i ymweliad Matthew a'i fam â'r dref, nac i neb arall chwaith.

'Hen bryd bo nhw'n neud rhywbeth gyda'r Castle Hotel 'na,' meddai Diane wrth gerdded heibio'r gwesty digalon. Petaen nhw wedi clywed ei sylw, fe fyddai'r rhan fwyaf o bobl y dref wedi cytuno â hi, gan fod yr hen westy yn dal ar agor ond wedi bod yn ei gyflwr truenus presennol ers blynyddoedd. Beth fyddai Dic Penderyn yn ei ddweud?

Ysbryd y saithdegau a'i creodd ar ei ffurf bresennol, ond fe aeth yr ysbryd o'r gwesty cyn i'r ddegawd ddiflannu a ddaeth dim byd i gymryd ei le ers hynny. Ond dyma'r unig un yn y dref, a rhaid oedd ei gadw ar agor am y rheswm hwnnw.

Roedd Mair a Iesu ymhell y tu ôl i Diane a Matthew erbyn hyn, a Matthew'n awyddus i berswadio'i fam i fynd am baned cyn dechrau siopa.

Arhosodd yn y ciw yn y caffi. Roedd llawer o hen bobl o'i flaen a chlywodd rai'n achwyn yn ystrydebol am y tywydd.

'Mae'n oer iawn heddiw, on'd yw hi? Fi wedi cael digon ar yr hen dywydd 'ma drwy'r dydd.'

'A fi hefyd, mae'n ddychrynllyd. Mae'n ddigon oer i gael ffon gerdded.'

'Odi wir, chi'n itha reit, ma'n rhaid gweud,' atebodd y llall cyn sylweddoli nad oedd hi, mewn gwirionedd, yn deall y sylw am y ffon.

Wrth eu hymyl, roedd un fenyw wedi cael digon ar eu cwyno, ac fe gynigiodd ei chyfraniad hithau.

'Wel, 'na gyd 'sda fi weud yw bod hwn yn well na glaw ac ma glaw yn well na eira!' Ac ymlaen â hi i ddweud wrth y ferch ifanc beth roedd arni ei eisiau i'w fwyta.

'Dau de, os gwelwch yn dda,' meddai Matthew pan ddaeth ei dro ef i gyrraedd y cownter. 'Rhywbeth arall, Mam?'

'Dylen i ddim, ond dere ag un o'r custard slices 'na i fi.'

'A dau custard slice hefyd, plis.'

Cymerodd Matthew'r te a'r cacennau a'u cario draw at ei fam, a oedd yn eistedd wrth fwrdd yn y ffenest. Roedd hi'n edrych allan ar y stryd fawr.

'Ti'n gallu gweud pwy yw'r bobol sy'n dod o'r tu fas i Ferthyr,' meddai bron yn ddiarwybod iddi hi ei hun.

'Shwd ar y ddaear 'yt ti'n gallu gweud hwnna, Mam?'

'Wel, ma nhw'n cerdded yn gynt na phawb arall.'

Chwarddodd Matthew ar y fath sylw, ond ymunodd yn y gêm.

'O ble ma'r boi hyn yn dod 'te?' gofynnodd, yn hanner pryfocio.

'Dim o Ferthyr, ma 'na'n saff. Ma fe bron â bod yn cerdded gyda'i acen!'

Parhaodd y ddau i chwarae eu gêm mi-wela-i-a'm-llygad-bach-i eu hunain wrth rannu pobl canol y dref yn ddefaid a geifr.

Ar ôl peth amser, a hithau'n credu bod y ddau wedi ymlacio i gwmni ei gilydd ddigon, penderfynodd Diane ei bod hi'n bryd iddi ofyn rhywbeth i'w mab.

'Ti'n lico bod lan fan hyn 'te, Matthew?' Cwestiwn bach mamol, ansicr er mwyn profi dyfroedd nad oedd hi wedi mentro iddyn nhw ers tro byd gyda'i mab.

'Ma fe'n ocê.'

'Ocê ocê neu dim ond ocê?' Roedd hi wedi bod yn fam yn ddigon hir i wybod bod yna fwy nag un ystyr i air mor fyr.

'Ma fe'n iawn, Mam. Dim cymaint o buzz â Caerdydd, cofia, ond tamed bach mwy o liw falle. Ody hwnna'n neud sens? Ond sa i'n gorfod byw 'ma drwy'r amser, odw i, so dyw e ddim yr un peth i fi.'

'Mae'n rhaid dweud, wi'n ddigon hapus lan 'ma. Fi'n nabod y lle a ma hynny'n help. Ma rhywbeth cyfforddus i wbod beth sydd o dy gwmpas di.'

'Ond do'dd e byth yn fwriad i ddod 'nôl 'ma i fyw, Mam, o'dd e? Gadael lle fel hyn chi fod i neud, a dod o hyd i le'ch hunan.'

'Falle taw dyna'r freuddwyd, Matthew bach, ond ti'n gwbod cystal â fi beth sy'n gallu digwydd i freuddwydion.'

'Fi'n deall 'na, Mam, fi yn. Ond o'dd rhaid i ti ddod 'nôl fan hyn? Nag o'dd aros ble o't ti'n opsiwn ac osgoi dod 'nôl i le mor saff â chartre dy fam? Beth o'dd yn bod ar le o'n ni?'

'Ti wir yn meddwl taw chware'n saff fi'n gwneud? Ma saff yn air dieithr ers amser hir, Matthew, mae'n syniad estron sydd ddim yn ymweld yn amal iawn â'n tŷ ni. Ond o leia ma fe'n gwbod lle ma Merthyr ac am wn i ma fe'n haws ffindo ni fan hyn na fydde fe yn y ddinas. Ac os taw chware'n saff ydw i mewn gwirionedd, beth sy'n bod ar hynny? Os ti mewn cwch mewn storm ar y môr, Matthew, be ti'n neud? Chwilio am le saff, wrth gwrs, nid mynd i'r man â'r olygfa ore! Dyw hwn ddim yn ddewis mor wael â hynny chwaith, mae'n rhaid i fi ddweud. Hyd yn oed heddi, dyw Merthyr ddim fel cymaint o drefi eraill. Dyw hi byth wedi bod, a dyw hi ddim nawr, yn dre sy'n llawn dieithriaid lled braich.'

'Symud mla'n, ife? 'Na'r peth i neud? Troi cefn ar beth sydd wedi bod a symud i rywle arall lle ma modd dal gafael ar damed bach o ddoe, ond dim gormod i neud ni'n dost? "Closure" ma nhw'n galw fe, medden nhw wrtha i. 'Na beth ma'r Yanks yn galw fe. Wel, sdim y fath beth yn bod! Pwy sy'n plannu'r hadau 'na yn dy ben di 'te, Mam? Fel 'sa fi ddim yn gwbod!'

'Matthew, sdim ishe bod fel'na! Ma meddwl 'yn hunan 'da fi, a theimlade 'fyd. Dyw Andrew ddim wedi ca'l unrhyw ddylanwad ar beth fi newydd weud. Falle bod ni'n dau'n digwydd gweld pethe 'run ffordd. Ma 'da fi barch i beth sydd 'da'r ddou ohonoch chi i'w ddweud, cofia.'

Sylweddolodd Matthew iddo ddweud gormod ac iddo'i ddweud yn rhy gryf. Roedd am ddweud rhagor. Doedd y cyfan oedd ar ei feddwl ddim wedi gweld golau dydd. Roedd yna fwganod yn dal i orwedd yno. Ond roedd y drws wedi'i gloi am y tro a bu'n rhaid iddo feddwl am ffordd i newid cyfeiriad.

'Fi'n meddwl yn aml ei bod hi fel Walkabout Creek rownd ffordd hyn. 'Na un peth sy wedi 'nharo fi.'

Roedd Matthew am barhau â'i sylwadau cyffredinol, hyd yn oed os oedd am osgoi rhai mwy personol.

'Ti wedi colli fi nawr!'

'Walkabout Creek, lle ma Crocodile Dundee'n byw. Ti ddaeth 'da fi i weld y ffilm, Mam.'

'Ie, ocê, fi'n cofio hwnna nawr. Ond, ym, sa i'n gallu cofio pa ran o Ferthyr o'dd yn y ffilm chwaith.'

Tro'r fam oedd hi i godi rhywfaint ar densiwn y foment.

'Ti'n cofio'r darn 'na pan ma Crocodile Dundee yn siarad am 'i gartre 'nôl yn Awstralia, ma hi'n gofyn iddo fe, "I suppose you don't have any shrinks in Walkabout Creek, have you?" A ma fe'n ateb wedyn, "No, back there, if you've got a problem, you tell Wally. He tells everyone in town, brings it out in the open, no more problem!" Ma hi damed bach fel'na rownd ffor hyn, smo ti'n meddwl?'

Chwarddodd ei fam yn iach ar y sylw ac ar acenion amrywiol ei mab.

'Ma hi lot fel'na, bydden i'n gweud! Ac erbyn meddwl, ma lot i' weud dros fod fel'na hefyd.'

'Yn enwedig gan nad yw e'n debygol iawn bo chi'n gallu cael cwrs 'da'r seiciatrydd yn rhan o'ch budd-dal!'

'Helô, shwd mae?'

Daeth ffrind i Diane i mewn i'r caffi. Roedd Delyth yn un o'r menywod roedd Diane wedi'u cyfarfod yn y dosbarth ysgrifennu creadigol yr aeth iddo yn y ganolfan gymunedol yn fuan wedi iddi symud 'nôl i Ferthyr. Roedd hi'n un o'r 'blydi menywod' roedd ei mam, Moira, yn cyfeirio atyn nhw. Un o'r rhai a oedd wedi'i llygru hi â barddoniaeth. Un o'r rhai a oedd yn briod â glöwr a fu ar streic, un o lowyr Pantglas. Roedd y ddau beth yna'n ddigon i Moira roi'r enw cyntaf 'Blydi' o flaen enw Delyth.

'Hiya, Delyth. Ti'n edrych yn smart yn dy ddu heddi, ble ti'n mynd?'

'Cyfweliad! Ie, fi o bawb! Cyfweliad 'da'r cyfreithwyr ar Swansea Road. Meddwl ca'l paned i setlo'r nerfau cyn mynd.'

'Wel, ma rhaid i fi weud bod ti'n edrych yn grêt. Ti hanner ffordd 'na, weden i!'

'O'n i ddim yn siŵr am y lliw. Ma du'n saff, ond ife 'ma'r peth gore i gyfweliad?'

'Chi'n edrych yn grêt,' mentrodd Matthew gyfrannu, er mawr syndod i'w fam a Delyth.

Cochodd hi ychydig wrth gael y fath sylw o le mor annisgwyl.

'Wel, diolch yn fawr iawn! Fi'n credu bo nhw'n anghywir pan ma nhw'n dweud bod du yn denu popeth ond dynion ac arian.

Dw i wedi cael un mas o ddau'n barod. Fi'n falch bo fi wedi galw 'ma nawr.'

'Wel, pob hwyl i ti. Dere, Matthew, mla'n â ni i siopa.' Roedd Diane yn teimlo rhyw reidrwydd i dorri'r sgwrs yn ei blas. 'Reit, ble ti moyn mynd?'

Roedd Matthew am brynu CDs ac fe adawodd ei fam er mwyn crwydro o amgylch siopau cerddoriaeth y stryd fawr. Fe aeth ei fam yn ei blaen i wneud ei siopa hithau.

Doedd dim un o'r CDs roedd Matthew eu hangen yn unrhyw un o'r siopau. Chwiliodd drwy gasgliad cyfyng y siopau mawr i gyd heb unrhyw lwyddiant. Trodd at siop gerddoriaeth ond fe gerddodd allan cyn gynted ag iddo gerdded i mewn bron, gan ei bod yn amhosib dod o hyd i CDs yng nghanol y DVDs a'r gêmau cyfrifiadurol amrywiol.

Gwyddai fod yna hen siop recordiau annibynnol ym mhen pella'r dref, lle cawsai ei dad lawer o'i LPs Elvis dros y blynyddoedd. Doedd e ddim wedi bod yno ers amser maith, a doedd dim disgwyl y byddai'r perchennog yn ei gofio. Trodd y gornel heibio'r bistro newydd, a draw at siop Freddie's. Roedd yna siop newydd sbon drws nesaf iddi a chododd ei henw wên fach ar wyneb Matthew – siop hen greiriau o'r enw Remains to be Seen.

Cerddodd i mewn i siop Freddie's a dechrau pori. Roedd y perchennog wrthi'n rhoi cymorth i gwsmer arall ac o fewn dim roedd Matthew wedi hen anghofio amdano wrth i'w fysedd gerdded yn bwyllog ar hyd y wyddor, a chamu 'nôl a blaen o ddegawd i ddegawd wrth wneud hynny.

Oedodd yng nghanol y llythyren E am beth amser, wrth iddo edrych ar bob un o'r recordiau Elvis a oedd yng nghasgliad Freddie. Pob un yn adnabyddus, pob un â chaneuon cyfarwydd, nifer fawr ohonyn nhw'n cynnau atgofion i Matthew. Atgofion ail-law, efallai, trwy ei dad, ond atgofion byw serch hynny.

'Ti'n lico'r Brenin, wyt ti?' Llais merch ifanc a safai wrth ei ochr.

Trodd Matthew a gweld merch tua'r un oed ag yntau, â gwallt hir, du a llygaid bywiog. Dros ei hysgwydd roedd ganddi fag lledr du a edrychai fel petai'n llawn.

'Arwr Dad mwy na fi, a bod yn onest, ond fi'n lico ambell gân, cofia.'

'Fi'n dwlu arno fe,' dywedodd hithau, fel petai heb gymryd fawr o sylw o ateb Matthew. 'Ma'n siŵr bod 'da fi bob un o'i albyms e.'

'Ma hwnna'n dipyn o gamp.' Roedd Matthew am barhau â'r sgwrs. 'Ond fydden i ddim yn meddwl bod ti'n 'i gofio fe pan o'dd e'n fyw. Shwd dest ti i lico fe 'te – bai dy rieni, fel ddigwyddodd i fi, ife?'

'No blydi way, gwd boi! Ma Dadi'n meddwl bod y stwff ro'dd Elvis yn troi mas yn ffiaidd ac yn arwynebol ac o safon isel ofnadwy!'

Roedd hi'n amlwg ei bod yn dyfynnu'r geiriau am y milfed tro, ac yn llais ei thad.

'Beth yw e, gweinidog?'

'Na, darlithydd yn yr Adran Gerdd yn y Brifysgol ym Mangor. Bydde mwy o siawns iddo fe lico Elvis petai e'n weinidog, fi'n siŵr! Susan ydw i…'

'Matthew…' meddai'n ansicr, cyn i seibiant lletchwith eu tawelu. Hi dorrodd ar y tawelwch.

'Ro'dd brawd dad yn sôn am Elvis nawr ac yn y man. Pan o'n i'n mynd draw i'w weld e, ro'dd wastad rhyw albym neu'i gilydd mla'n 'da fe, a rhai o albyms Elvis yn amlach na dim. Pa ganeuon gan Elvis 'yt ti'n lico 'te? Gas dy dad unrhyw ddylanwad arnot ti?'

Roedd hi wedi cymryd sylw wedi'r cyfan, meddyliodd Matthew.

'Wel, fi'n lico pethe fel "In the Ghetto" a "Crying in the Chapel" a…'

Cyn iddo orffen, roedd Susan wedi dechrau.

'O, y rhai serious, ife?'

Roedd yna bryfocio yn ei llais.

'Y rhai sy'n dangos tamed bach mwy o feddwl!' atebodd Matthew gan barhau â'r gêm.

'Ti moyn coffi?' gofynnodd hi'n ddisymwth.

Doedd Matthew ddim yn disgwyl ei chwestiwn ond roedd yn falch iawn ei fod wedi cyrraedd.

'Ym… ie… grêt… ym… Dw i ishe chwilio am CD gynta… a bydda i gyda ti…'

Roedd Matthew'n rhuthro drwy'r wyddor wrth siarad er mwyn gallu gadael Freddie's. Yn anffodus iddo fe, cyfenw'r canwr yr oedd am ddod o hyd iddo oedd Waters, ac roedd eithaf bwlch rhwng E ac W.

'Dyma fe!' Rhyddhad dwbl yn llais Matthew.

'Pwy yw e?'

'Roger Waters.'

'Fel wedes i, pwy yw e?' Roedd pryfocio Susan yn parhau.

'Fi'n siŵr bod hyd yn oed ti wedi clywed am Pink Floyd! Wel, ro'dd e'n un o'r bois wnaeth ddechre'r grŵp 'nôl yn y chwedegau…'

'O, ro'dd e byti'r lle 'run pryd ag Elvis 'te?'

''Na'r unig gysylltiad, galla i weud wrthot ti straight.'

Cydiodd Matthew yn y CD *Radio K.A.O.S.* a mynd ag e at Freddie er mwyn talu. Doedd y perchennog ddim yn cofio Matthew, a doedd Matthew ddim am ddechrau sgwrs gydag e nawr am sawl rheswm.

'Pam 'yt ti moyn hwnna cymaint?' Susan eto.

Roedd hi'n bosib gofyn un cwestiwn yn ormod, ac roedd Susan newydd wneud hynny. Am y tro cyntaf yn eu perthynas fer, roedd yn rhaid i Matthew osgoi bod yn gwbl onest â hi.

'Dyw hwn ddim 'da fi.'

'Ble ti moyn mynd 'te?'

Cyfeiriodd Matthew hi'n ôl i'r union gaffi yr oedd newydd

fod ynddo gyda'i fam. Roedd yna ryw olwg 'Helô, ti eto' ar y ferch y tu ôl i'r cownter wrth i Matthew ofyn am ddau de unwaith yn rhagor. Mynnodd dalu am y paneidiau i'r ddau ohonyn nhw.

'Beth 'yt ti'n neud rownd ffordd hyn os yw dy dad ym Mangor?' Matthew ddechreuodd y sgwrsio, gan fentro symud ychydig yn ddyfnach na lefel cryno-ddisgiau.

'Dim lot. Wedi dod i aros am sbel 'da cyfnither i fi, merch Wncwl Tony y gwnes i sôn amdano fe gynne. Ma hi'n gweithio heddi, so fi jyst yn cerdded rownd dre. Gweld beth yw beth a pwy yw pwy.'

'A beth ti'n meddwl am y lle 'te?'

'Wyt ti'n dod o fan hyn?' Roedd hi am wybod cyn ateb, mae'n amlwg.

'Y teulu o ochor Mam. Ond dw i ddim yn byw 'ma. Fi'n byw yng Nghaerdydd.'

'O, city boy, ife!' meddai Susan, gan ailddechrau'r pryfocio.

'Beth bynnag ma hynny'n ei feddwl! Beth ti'n meddwl o'r dre 'ma 'te?' dyfalbarhaodd Matthew.

'Mae wedi blino, weden i. Lot o UPVC, pren wedi pydru, lot o ddwst, lot o faw. A'r bobol hefyd – pobol lwyd a phawb yn edrych fel petaen nhw'n gwisgo dillad rhywun arall. Ond ma 'na wres yn perthyn iddyn nhw hefyd, ma'n rhaid dweud.'

'So, ti ddim yn lico'r lle 'te, wi'n cymryd.'

'Na, 'nes i ddim gweud 'ny. Sa i wedi bod 'ma'n ddigon hir i weud mwy na 'na. Fi'n gallu trio gweld heibio'r penawdau bras, ond ma ishe amser i neud hynny.'

'Esgusoda fi am eiliad. Tŷ bach!'

Cerddodd Matthew i gefn y caffi ac i doiledau'r dynion. Pan ddaeth yn ôl, roedd Susan yn darllen clawr ei CD newydd.

'Hei, ma côr meibion ar hwn. Pa mor roc a rôl yw hwnna?! A ti'n poeni fi am Elvis!'

Roedd hi wrth ei bodd nawr, a'i phersonoliaeth gellweirus naturiol yn dod i'r amlwg.

Doedd Matthew ddim yn gwbl gyfforddus â'i hagwedd. Roedd hi fel petai'n agosáu at rywbeth a oedd yn achosi iddo deimlo'n anghysurus, er nad oedd hi'n ymwybodol o hynny, wrth gwrs. Doedd e ddim am ddangos gormod iddi ond doedd e ddim am ei gyrru i ffwrdd drwy ladd y sgwrs chwaith, felly roedd ei ateb yn mynd i fod yn un anodd.

'Madde i fi os fi'n anghywir, ond nag o'dd y Brenin ei hunan yn defnyddio corau gospel ar ei ganeuon o bryd i'w gilydd? O'dd e?'

'O'dd, ocê, ond ma tamed bach mwy o gysylltiad rhwng gwreiddiau Elvis a chanu gospel nag sydd rhwng aelod o Pink Floyd a diwylliant Cymru. Smo ti'n meddwl?'

'Ti'n swno fel merch i ddarlithydd cerdd nawr!'

Roedd cerydd caredig yn llais Matthew, yn hofran rhwng dwy lefel o hyder. Gwên yn unig a gafodd yn ôl, ac fe barhaodd â'i ateb.

'O's, ma côr meibion, ond ma rhaid i ti glywed y CD i ddeall pam ma nhw 'na yn y lle cynta. Mae e i gyd yn gwneud sens, creda di fi, fel ma fe'n gwneud sens i gôr gospel ganu gyda Elvis. Fe wna i gyfadde gymaint â hynny.'

'Falle bod ni'n dou'n dweud yr un peth fan hyn 'te. Dylanwade, 'na beth mae e i gyd ambwyti.'

'Ni'n canu o'r un llyfr emynau, gallet ti weud.' Tro Matthew oedd hi i ysgafnhau pethau.

'Ti'n mynd i'r capel, Matthew?'

'Na,' oedd ei ateb syml.

'Ddim wedi trafferthu neu wedi dewis peidio mynd?'

'Tamed bach o'r ddou, falle. Mynd am sbel, ddim wedi trafferthu mynd am flynyddoedd ond pethe'n digwydd wedyn yn dy fywyd di yn gwneud i ti ddewis peidio â mynd. Ma rhaid gweud, fydden i byth yn gwadu bod Duw, cofia.'

Ofnodd Matthew iddo agor gormod ar gil y drws i Susan, gan fod ei nerfusrwydd yn amlwg iawn iddo fe. Ond roedd rhan ohono'n dweud wrtho am wneud hynny. Roedd am iddi wthio, holi, mynd ymhellach nag yr oedd wedi gwneud hyd yma, er taw dim ond newydd gyfarfod â'i gilydd oedden nhw. Doedd e ddim yn siŵr pa ran ohono fyddai'n ennill.

'Ie, ma tamed bach o hynny ynddon ni i gyd falle,' oedd ei hateb, a Matthew'n falch nad oedd hi wedi cymryd unrhyw abwyd pellach.

'Wyt ti'n mynd i gapel 'te?' Manteisiodd ar y cyfle i gadw'r sylw oddi arno fe drwy gadw'r sgwrs i fynd i'w chyfeiriad hi.

'Newydd ddechrau mynd eto, a dweud y gwir. Ddim wedi bod ers blynyddoedd ond yn dechre cael blas nawr unwaith eto.'

'Pam mynd 'nôl?' Roedd hyn wedi ennyn diddordeb Matthew nawr.

'Fe wnei di chwerthin os ddweda i wrthot ti, fi'n gwbod.'

Roedd Matthew'n hoff o'r syniad ei bod hi'n gymharol hyderus yn ei hymateb a hynny ar ôl cyfnod mor fyr o adnabod ei gilydd, ac, yn wir, dechreuodd yntau deimlo'n gysurus iawn yn ei chwmni. Er, doedd e ddim am iddi ddyfalu sut roedd e'n teimlo.

'Fe dria i 'ngore i beidio â chwerthin, Susan. Go on, dwêd wrtha i!'

'Wel,' dechreuodd yn betrusgar, gan ofni gwawd ei ffrind newydd, 'yr un achosodd i fi fynd 'nôl i gapel o'dd y person a ddaeth â ni'n dau at ein gilydd...'

'Freddie!' dywedodd Matthew'n uchel mewn syndod llwyr.

Tro Susan oedd hi i chwerthin, ac fe wnaeth, yn uchel ac yn iach yn y caffi, a phawb yn ei chlywed, cyn mentro'r ateb go iawn.

'Nage'r twpsyn, Elvis. Elvis wnaeth i fi fynd 'nôl i'r capel! A nage, cyn bod ti'n gofyn, nid achos 'i fod e wedi llefen mewn capel, fel gwnes di sôn gynne.'

'So, nage hewl Damascus o'dd hi 'te, ond hewl Memphis. 'Na lle o'dd y golau mawr i ti!'

Am eiliad, roedd Susan rhwng dau feddwl a oedd Matthew'n cellwair ai peidio. Roedd y ddau'n dal i hofran ar linyn tyn rhyw ansicrwydd bregus, a phob sylw i gyfeiriad gwahanol yn groesffordd. Tro Susan oedd hi nawr i geisio dyfalu'r cyfeiriad cywir i'w gymryd. Penderfynodd barhau yn yr un ysbryd yr oedd hi wedi'i ddangos yn ystod yr awr ers iddyn nhw gyfarfod â'i gilydd.

'Ie. Dw i ddim wedi meddwl amdano fel 'na o'r blaen, ond fi'n credu bod ti'n iawn. Ar y pryd, o'n i jyst yn gwbod bod rhywbeth y tu fas i fi a phawb arall pan o'n i'n clywed rhai o'i ganeuon e.'

'A paid dweud wrtha i, gatiau Graceland yw'r Pearly Gates i ti byth oddi ar hynny, ife?'

Roedd hi'n ofni go iawn nawr bod Matthew'n gwneud sbort am ei phen y tro hyn. Doedd hi ddim eisiau hynny; yn hytrach, roedd hi am i rywun wrando arni a'i chymryd o ddifri. Roedd hi am i Matthew ei chymryd o ddifri. Gwelodd Matthew yr ansicrwydd yn ei llygaid a cheisiodd droi'r sgwrs yn ôl i dir mwy sicr.

'Fi'n dwlu ar fy miwsig ond ma dweud bod un canwr, hyd yn oed Elvis, yn gallu cael y fath ddylanwad a newid cymaint ar dy fywyd di, wel, jyst yn rhyfeddol. Paid ca'l fi'n rong, fi ishe trio deall hyn, ond fi ddim yn gallu achos dw i ddim wedi dod wyneb yn wyneb â'r fath ddylanwad cryf cyn hyn.'

Roedd elfen o ryddhad yn llais ac wyneb Susan wrth iddi ddechrau ateb Matthew.

'Dyw e ddim yn rhwydd i ddeall, falle. Ond tria ddeall ar lefel y caneuon os nag 'yt ti'n gallu dechrau deall ar lefel fwy crefyddol. Ti'n gwbod bod cerddoriaeth yn gallu cyffwrdd â rhai pethe eitha dwfn ambell waith, on'd wyt ti?'

Gwelodd Susan y cadarnhad yn llygaid Matthew. Teimlai

yntau arwyddocâd sylw Susan yn ddyfnach nag yr oedd yn ei ddangos yn ei lygaid a newidiodd cywair y sgwrs rhyw fymryn, ond nid cyn iddo ymestyn ei law yn ddiarwybod at y CD roedd newydd ei brynu. Cyffyrddiad ysgafn.

'Wyt ti'n credu'r holl stwff 'ma am Elvis yn dal i fod yn fyw 'te? Fel Iesu Grist?'

'Nid dyna'r pwynt pwysig i fi, Matthew. Dyw e ddim yn neud gwahaniaeth o gwbl i fi os yw'r boi wedi marw ers 1977 neu os yw e'n gweithio mewn siop chips rywle heddi. Beth wnaeth e tra'i fod e'n fyw a beth mae'n dal i wneud trwy ei ganeuon sy'n bwysig. Mae e wedi agor ffenest i fi sydd wedi bod ar gau am gyfnod hir iawn.'

'Ti ddim yn credu yn y busnes 'ma fod 'i enw yn anagram o "Lives", wyt ti, a hynny'n profi 'i fod e'n dal yn fyw? Ma'n synnu fi faint o bobol sy'n credu hynny!'

Cydiodd Matthew yn ei CD newydd, ei ddal rhwng ei fysedd a'i droi rownd a rownd yn araf, ambell air ar y clawr yn dal ei sylw nawr ac yn y man, cyn i Susan ateb.

'Na, ddim mor wael â hynny, ond… ma 'na bethe erill dw i'n credu ynddyn nhw y byddi di'n meddwl sy'n ddigon tebyg, mae'n siŵr… Matthew, ti ddim cweit yn fy nghymryd i o ddifri, wyt ti?'

Roedd hi'n amlwg wedi'i siomi, ac roedd Matthew wedi sylweddoli hynny hefyd.

'Na, na, sori, Susan. Madde i fi ond ma fe i gyd… ym, wel… yn newydd i fi. Gwranda, er mwyn osgoi unrhyw hassle, gwêd wrtha i shwd wyt ti'n gweld y busnes Elvis 'ma – a fi'n addo 'na i ddim chwerthin!'

'Gei di wad os g'nei di, cred ti fi, gwd boi!'

'Bydda i'n "all shook up"', meddai yntau'n heriol, gan wneud stumiau arni yr un pryd.

'Fi'n rhybuddio ti!' meddai Susan wrth estyn ei dwrn tuag ato mewn ffug rybudd.

Rhoddodd Matthew ei CD yn ôl ar y bwrdd a chydio eto yn ei baned. Pwysodd yn ôl yn ei gadair er mwyn dangos yn ddigon clir i Susan nad oedd e am symud a'i fod yn barod i wrando.

'Mae e jyst fel teimlo ei bresenoldeb e bob dydd. Pan 'yf fi'n clywed y canu, ma'r problemau'n diflannu ac ma popeth yn newid perspectif. Mae e fel... sa i'n gwbod... rhyw fath o Ioan Fedyddiwr o berson, yn pwyntio at rywbeth uwch, at ffordd arall.'

'Pam mae e'n wahanol i unrhyw un arall sy'n canu?' ceisiodd Matthew holi ymhellach, heb grwydro oddi ar y llwybr syth.

'Ei bersonoliaeth e, fi'n credu. Ro'dd e mor ysbrydol. 'Na beth o'n i'n meddwl gynne – ro'dd e wastad yn sôn am Dduw ac am olau Duw yn goleuo. Ro'dd e'n sôn am olau mwy llachar nag unrhyw beth ma unrhyw un wedi'i weld ar y ddaear yma, sydd ddim ond yn amlwg i'r rheiny sydd ar fin marw. Ro'dd e wastad yn byw 'da'r teimlad ei fod e ar fin marw, a hynny dros ddeng mlynedd cyn iddo fynd! A phan ro'dd e ar fin marw go iawn, fe ddywedodd nad o'dd pobol fel fe byth yn byw'n hir a'u bod nhw ddim ond ar y blaned yma am gyfnod byr ac wedyn eu bod nhw'n gorfod mynd adre, mynd 'nôl a dechre eto. Mae'n ffordd arall o feddwl, Matthew!'

'Yn y dechreuad roedd y gair a'r gair oedd Elvis, ife Susan?' Llwyddodd Matthew i wneud ei bwynt heb swnio'n wawdlyd.

'Ie, yn hollol! Ma fe'n golygu lot mwy i fi na William Williams Pant-y-blydi-celyn ac Ann wedi-dwlu-ar-Dduw Griffiths. 'Y mywyd i heddi yw bywyd Elvis, nid bywydau'r ddau arall, a ma fe'n gallu gweud pethe sy'n cyffwrdd â fi fan hyn!' Tarodd ei bys yn gadarn yn erbyn asgwrn ei brest.

Yfodd Matthew ei de yn fwriadol araf, gan syllu dros y gwpan ar Susan. Roedd yn dechrau credu nad oedd hi wedi drysu, a'i bod, wedi'r cyfan, o ddifri yn ei chred.

Gofynnodd hi i iddo 'A o'dd hi'n fwy afresymol credu bod

Elvis wedi bodoli yn y byd yma er mwyn dangos y ffordd at Dduw nag o'dd credu taw dyma pam ro'dd rhai pobol a fu byw ddau gan mlynedd yn ôl wedi gwneud?'

Aeth yn ei blaen:

'Dywedodd Elvis bod pob un ohonon ni'n blant i'r goleuni, pob un â'n goleuni a'n lliwiau ni'n hunain, mor amrywiol â'n personoliaethau. Ac mae'n bosib newid ein lliwiau drwy astudio'r ysbrydol, agor ein calonnau ac ufuddhau i ddeddfau Duw.'

Roedd Susan yn ei morio hi erbyn hyn, wedi ymgolli yn ysbryd ei heilun.

'Ro'dd e'n llawn anogaeth i beidio ag ofni pa mor llachar yw golau ein breuddwydion a'r lliwiau a ddaw i'r amlwg wrth ein bod ni'n cysgu. Ac o gael breuddwyd, ro'dd yn rhaid dod o hyd i rywun i rannu'r freuddwyd honno, rhag dinistrio pob ateb ro'dd y neges yn ei gynnig.'

Cymerodd Matthew anadl ddofn, hir.

''Nes i erioed glywed Dad yn siarad am Elvis fel'na!' oedd ei ymateb cyntaf. 'Lico sŵn y caneuon o'dd e, a dim byd arall. Faint o bobol sy'n meddwl fel ti, Susan?'

'Eitha lot a dweud y gwir, Matthew. Synnen i ddim 'se eglwys gadeiriol i Elvis ymhen blynyddoedd i ddod. Llanwen ni fe'n rhwydd!'

'Ma rhaid i fi weud,' mentrodd Matthew, 'ti bron yn gwneud sens pan 'yt ti'n siarad fel'na. Ond mae cymharu stori Elvis â stori Iesu yn ddwl. Ti'n gwbod, y crap hyn am arwyddocâd cael ei eni mewn sied 'run maint â stabal, ac arwyddocâd ei frawd Jesse yn marw wrth iddo gael ei eni. Elvis wedyn yn dod o wreiddyn Jesse, ei rieni'n gorfod ffoi o Fethlehem Tupelo i Aifft Memphis, ei ffrindiau'n ei wadu a'i fradychu fel y gwnaeth Pedr a Jiwdas i Iesu. 'Na'r stwff fi'n ffili ei lyncu.'

Roedd Matthew'n bwyllog, yn glir ond yn ddigon penderfynol ei ddadl.

'Well i fi beidio â sôn am sioe deledu NBC 1968 'te, ife Matthew?'

'Sa i'n gwbod dim am hwnna, ond ma 'da fi deimlad bo ti'n mynd i ddweud wrtha i!'

'Wel, ro'dd Elvis wedi bod yn hollol dawel am bron i ddeng mlynedd tan 1968, wedyn fe recordiodd e raglen deledu o flaen cynulleidfa a gafodd ei darllledu o amgylch y byd. Yn ôl pawb, dyna ei atgyfodiad! A ti'n gwbod beth o'dd ei oedran e y flwyddyn honno?'

'Nagw.'

'Tri deg tri! Yr un oedran â Iesu yn codi o farw'n fyw! Ac fe wnaeth e gyngerdd bob blwyddyn yn Las Vegas o'r flwyddyn honno tan iddo farw ddeng mlynedd yn ddiweddarach!'

Gorffennodd ei brawddeg gyda thinc a oedd yn gofyn yn blaen i Matthew 'Beth 'yt ti'n feddwl o hwnna 'te?'

Am flynyddoedd lawer, roedd Matthew wedi gwrando ar ganeuon Elvis, fel arfer yn y car gyda'i dad. Ambell waith byddai eu sŵn yn llenwi'r tŷ dros y penwythnosau hynny pan âi ei rieni mas 'da'i gilydd i rywle heblaw'r ABC. Dim ond unwaith roedd e'n cofio clywed am ei dad yn gwneud sylwadau tebyg i rai Susan. Fe ddywedodd e un tro, yn ôl ei fam, ei fod yn beth rhyfedd taw'r dyn gafodd ei wahardd rhag perfformio ar deledu am ei fod e'n symud ei goesau'n rhy rhywiol oedd y dyn a wnaeth fwy na neb i ddod ag 'Amazing Grace' i sylw cynulleidfa ehangach. Roedd yn fater arall ymateb i ffordd Susan o feddwl am ystyr bywyd. Rhannodd ei atgof o'i dad â hi, cyn parhau â'i ddadl.

'Fi wedi byw 'da'r syniad o Elvis bron trwy 'mywyd, Susan. Ond, wel, sa i'n gwbod beth i' weud. Pam alwodd hwnna arnat ti i fynd 'nôl i'r capel o bobman?'

'Ble arall allen i fynd, Matthew? Y funud ti wedi dechre meddwl yn wahanol i'r ffordd y gwnest ti am flynyddoedd, ma'n rhaid i ti droi i rywle. A do, fe wnaeth brenin roc a rôl arwain fi 'nôl at graig yr oesoedd!' Pwyllodd am ennyd. 'Matthew, ma rhaid i fi ddweud un peth.'

Stopiodd yng nghanol llif ei meddyliau a chyfeirio'i sylw at Matthew fel petai e ddim wedi gwneud yr un sylw na datganiad drwy gydol y sgwrs.

'Ti wedi bod yn blydi brilliant yn gwrando arna i. Diolch!'

Estynnodd ar draws bwrdd y caffi a rhoi cusan gynnes iddo ar ei foch.

Yn lletchwith o ran amseriad, canodd ffôn symudol Matthew ac estynnodd i'w ateb. Roedd ei fam yn barod i gwrdd ag e er mwyn dal y bws yn ôl i dŷ ei fam-gu. Mae'n siŵr bod ganddi ormod o fagiau plastig i fentro 'nôl ar droed, rhesymodd Matthew, er mwyn ceisio gwneud synnwyr o'r sefyllfa.

'O's rhaid i ti fynd, Matthew? O's tamed bach mwy o amser 'da ti? Dw i ddim wedi clywed pam 'yt ti'n lico'r CD 'na cymaint. Falle gelli di esbonio rhinwedde Pink Floyd i fi.'

'Tro nesa, Susan, tro nesa.'

Fe ddywedodd hynny gydag argyhoeddiad a oedd yn mwy nag awgrymu ei fod am i'r tro nesaf ddigwydd, a hynny'n go fuan.

Cyfnewidiodd y ddau rifau ffôn a chododd Matthew o'i sedd wrth iddo weld ei fam yn cerdded tuag ato ar hyd y stryd yn y pellter. Cerddodd tuag ati, ond nid cyn troi'n ôl pan oedd ar y stryd fawr a gweld Susan yn eistedd wrth y bwrdd yn gorffen ei the.

8

Y streic:

Concrit

'HELÔ, LLOYD, STEVE sy 'ma. Wyt ti'n clywed? Over.'

Roedd Steve wedi ailgysylltu â'r swyddfa yng Nghaerdydd, ac yntau'n teithio ar hyd ffordd Blaenau'r Cymoedd yn barod i godi ei deithiwr o'i dŷ yn Rhymni.

'Hiya, Steve. Bydden i'n clywed ti'n well 'se dim o'r blydi miwsig 'na 'da ti mla'n yn y cefen. Gwêd wrth Elvis dawelu ac fe gewn ni well chat. Beth 'yt ti moyn? Over.'

'Ocê, gad dy gonan. Jyst moyn gwbod ble fi'n mynd, 'na i gyd.'

'Steve, fi'n siŵr bo fi wedi gweud wrthot ti cyn i ti adael fan hyn.'

'Naddo, Lloyd. Daeth galwad arall mewn a wedes di y byddet ti'n rhoi'r manylion i fi pan fydden i ar y ffordd.'

'Ocê, os taw fel 'na ti ishe hi fod. Fi wedi gweud wrthot ti, fi'n gwbod. Pam fydden i ddim? Rwyt ti'n mynd i 23, Corporation Terrace, Rhymni. Rywle rhwng gorsaf yr heddlu a'r ysgol, os fi'n cofio'n iawn, Steve. Ti'n mynd â'r boi wedyn i waith glo Pantglas ar bwys Aberfan.'

Doedd Steve ddim yn siŵr sut i ymateb. Roedd yn grac bod Lloyd yn credu iddo roi'r manylion llawn iddo o'r cychwyn pan oedd hi'n hollol amlwg nad oedd e wedi gwneud hynny. Ac yna, pan ddeallodd ei fod yn gorfod mynd â glöwr i'w waith, a phethau fel roedden nhw y dyddiau hynny, wel, roedd yr holl beth yn ormod. Credai fod Lloyd wedi cadw'r wybodaeth lawn oddi wrtho yn fwriadol rhag ofn y byddai'n gwrthod derbyn y job. Roedd hi'n amlwg na ddeallai Lloyd sefyllfa Steve a Diane yn iawn, a'r ffaith fod newid byd ar y gorwel iddyn nhw. Siomwyd Steve gan y posibilrwydd fod Lloyd wedi osgoi dweud wrtho ac roedd am ddangos hynny.

'C'mon, Lloyd! So ti'n whare'n deg nawr…'

'Hei, cyn bo ti'n colli hi'n llwyr, sdim ishe i ti fecso gormod… Ma'r heddlu wedi cysylltu i weud y bydd police escort ar gael i ti. So byddan nhw 'na i edrych ar dy ôl di, paid â becso. Geraint yw enw'r boi ti'n rhoi lifft iddo fe. Sa i'n gwbod Geraint beth. 'Na i gyd ges i wbod 'da'r cops. Hei, ma arna i ffafr fawr i ti ac fe wna i dy dalu di 'nôl, paid ti â becso am hynny.'

Lleddfwyd rhywfaint ar dymer Steve, ond roedd e'n dal i fynnu cael y gair olaf.

'Ma hwnna fod i neud i fi deimlo'n well, ody fe? Wel, ma rhaid iddo fe 'sbo, dw i yn Rhymni nawr. Roger. And. Out.'

Doedd e ddim yn ddyn hapus yn gyrru'n araf ar hyd strydoedd Rhymni ar alwad gynta'r bore. Roedd cymaint o gwestiynau yn byrlymu trwy ei ben. Pam fe? Pwy oedd y boi 'ma roedd e'n mynd i roi lifft iddo fe? Oedd Lloyd wedi dweud wrtho cyn iddo adael? Fyddai *police escort* yn help mewn gwirionedd, neu a oedd hynny'n arwydd bod pethau'n gwaethygu? Ansicrwydd.

Ond ar y foment honno, roedd un cwestiwn yn fwy na'r un arall ar ei feddwl, sef ble ar y ddaear oedd Corporation Terrace? Doedd dim syniad 'da fe. Doedd e erioed wedi bod yno o'r blaen. Roedd e'n gyfarwydd â Rumney Caerdydd ac yn gyfarwydd hefyd â Chlychau Rhymni. Pan glywodd y Byrds yn canu eu cân am y clychau hynny gyntaf, credai taw yn yr ardal honno o'r brifddinas roedd sŵn y clychau i'w clywed. Tan i rywun a oedd yn anorac llwyr ynglŷn â'i gerddoriaeth ddweud wrtho taw Rhymni'r Cymoedd oedd gwrthrych y gân, a hynny oherwydd bod y boi a ysgrifennodd y geiriau gwreiddiol wedi cael ei eni yno. Ac roedd e'n löwr hefyd ar un adeg, yn ôl pob sôn.

Stopiodd mewn gorsaf betrol na fyddai byth yn cau, a gofyn am help. Cafodd ateb mor ddryslyd â'r bore a phenderfynu nad oedd unrhyw ddiben gofyn eto, felly fe ymlwybrodd i gyfeiriad cyffredinol y cyfarwyddiadau annelwig.

Yn y pen draw, trwy ddefnyddio ei synnwyr cyffredin, fe ddaeth o hyd i'w gyrchfan, Corporation Terrace. Doedd dim trafferth o gwbl dod o hyd i'r tŷ. Roedd car heddlu wedi'i barcio y tu allan iddo. Gyrrodd ato a pharcio'i gar y tu ôl i un yr heddlu.

Gan ei bod yn dal yn gynnar, cerddodd at ddrws y tŷ a'i guro yn hytrach na chanu corn ei dacsi fel y byddai wedi'i wneud fel arfer. Daeth y plisman allan o'i gar yntau a chyfarch Steve gydag ambell air o gysur-paid-â-becso-jyst-dilyn-fi cyn dychwelyd i wres ei gerbyd.

Daeth dyn yn ei dridegau i ddrws y tŷ, dillad gwaith amdano a bocs bwyd dan ei gesail. Edrychodd ar Steve gan geisio dyfalu beth oedd ei agwedd tuag at löwr oedd yn mynd 'nôl i'w waith. Gan nad oedd unrhyw arwyddion amlwg ar ei wyneb, cymerodd yn ganiataol fod Steve yn gwneud ei waith a hynny'n anfodlon. Roedd yn saffach meddwl fel 'na.

'Geraint, ife? Barod am y Nadolig, 'yt ti?' gofynnodd Steve.

Y tu mewn i'r drws ffrynt roedd yna goeden Nadolig mewn un pentwr anniben a'r nodwyddau ar wasgar ar hyd carped y cyntedd.

'Anrheg yw honna. Rhai o'r plant rownd ffordd hyn wedi bod lan ar bwys y lagoons, i dir y Forestry, ac wedi torri'r topie off lot o'r conifers er mwyn mynd â nhw fel coed Nadolig i bobol o'dd eu hishe nhw.'

'Am faint o' nhw'n 'u gwerthu nhw?'

'Am ddim, boi. Dwgyd nhw a rhoi nhw bant!'

''Na ffordd y glowyr o fod yn Robin Hoods, ife? Ble 'yn ni'n mynd 'te?' Roedd Steve am gadarnhau'r manylion.

'Pantglas ar bwys Aberfan. Y gwaith glo, plis.'

Oedodd Steve am eiliad, gan gadw'i olwg ar ei deithiwr wrth ystyried eto ble roedd e newydd ddweud ei fod am fynd. Trodd y tacsi i wynebu'r cyfeiriad cywir a setlo'n ôl i ganolbwyntio ar ei daith, ei feddyliau'n troi'n araf bach yn ei ben a'i gydymaith yn dawel yn y cefn. O'i flaen, gwelai streipiau llachar y car heddlu a arweiniai'r ffordd o'r cwm tua'r pwll.

Edrychai Steve ar Geraint nawr ac yn y man yn y drych. Ceisiodd ddyfalu beth oedd yn achosi i ddyn benderfynu mynd 'nôl i'w waith ar ei ben ei hun. Oedd e'n anfodlon â chyfeiriad y streic? Oedd yna deimlad bod y cyfan drosodd a man a man mynd 'nôl? Oedd e yn erbyn y streic yn y lle cyntaf, fel y rhan fwyaf o lowyr y De? Gyda chymaint o gwestiynau a siwrnai gymharol hir, roedd yn siŵr o ofyn rhywbeth cyn diwedd y daith. Yn y cyfamser, roedd yn rhaid paratoi'r ffordd a dechrau sgwrsio. Siarad am rygbi oedd ei arf cyntaf.

'Ti'n meddwl bod siawns 'da ni yn erbyn yr Aussies 'te?'

'Wel, sa i'n gwbod wir... Weden i byth 'na' pendant achos mewn un gêm fel hyn, ma unrhyw beth yn gallu digwydd. Ti'n mynd i'r gêm 'te?'

'Odw, gobeithio, fi a'r mab. Ma tocynne 'da fi a fi wedi llwyddo cael shifft byrrach er mwyn ca'l mynd i'r gêm.'

'Gobeithio gei di noson dda, ond fe fydd hi'n anodd cadw pawb yn hapus, beth bynnag fydd yn digwydd. Fi'n dechre ca'l digon ar y rygbi a bod yn onest.'

'Pam, achos bod y tîm yn colli?' Roedd Steve yn ymosodol cyn iddo orffen siarad.

'Nage, achos bod pawb mor chopsy ar ôl pob gêm. Pawb â'i farn, pawb yn gwbod yn well na phawb arall. Chwalu pethe mor fân yn y papure wedyn, a bois sydd heb whare'r gêm yn gwbod yn well na rhai sy'n whare i'w gwlad. Ma fe'n boendod go iawn. Ma nhw'n gweud yn iawn bod rygbi fel crefydd rownd ffordd hyn, cred ti fi.'

'Pam ti'n gweud 'ny 'te?'

'Wel, gwêd y gwir, sdim lot o wahaniaeth rhwng Duw a hyfforddwr rygbi Cymru, o's e?'

'O?'

'Wel, ma pawb yn disgwyl gwyrthie 'da'r ddou, a 'na pwy sy'n ca'l y bai pan ma pethe'n mynd yn rong. So ti'n meddwl?'

'Falle bo rhywbeth 'da ti man'na! Sa i wedi bod i weld gêm nawr ers sbel.'

'Na fi. Do's dim siawns neud dim byd fel'na blwyddyn hyn â'r blydi streic 'ma!'

'Ti ddim yn hapus â'r streic 'te?'

'Na, dim o'r dechre a gweud y gwir – fi a'r rhan fwya o ddynon fel fi drwy'r wlad. Ond 'na fe, newidodd pethe a mas â ni. A sa i wedi bod yn hapus ers y diwrnod cynta.'

'Smo ti wedi bod mas yn picedu, fi'n cymryd?'

'O odw, fi wedi gorfod mynd. Os nag wyt ti'n ca'l dy weld yn gwneud dy dyrn, ti ddim yn ca'l rhan o'r hyn ma pawb wedi'i gasglu a'i roi i'r NUM. So do's dim dewis 'da ti, cytuno ne' beidio, mas â ti i rewi 'da'r pickets a dal dy faner fel pawb arall er mwyn ca'l dy geinioge.'

'Ma fe'n cymryd lot o gyts i fynd 'nôl fel 'yt ti'n neud.'

'Ti'n meddwl 'ny? Sa i'n credu bod gyts yn dod miwn iddo fe. Ti jyst yn dod i'r point pan ti'n gwbod taw'r unig ddewis sy 'da ti yw mynd 'nôl. Ti'n rhoi lan 'da'r shit. Ti'n ca'l shit os ti ddim yn mynd 'nôl a ti'n ca'l shit os ti yn mynd 'nôl.'

'So, pam dim ca'l shit wrth aros gartre 'te? Rhwyddach, on'd yw e?'

'Fel'na o'n i'n meddwl. Ond ti'n cyrraedd pwynt pan ma fe'n neud sens i neud rwbeth ynglŷn â beth 'yt ti'n credu 'fyd. Os yw'r streic yn rong, wel 'nôl â fi i'r gwaith 'te a dim ishte ar 'y nhin yn conan am bopeth.'

'Beth o'dd y pwsh ola i ti 'te? Pam nawr?'

'Ca'l sgwrs ar y ffôn 'da Tony Crwstyn, partner i fi o'dd yn bwriadu neud yr un peth. Diawl, wrth glywed e'n siarad, 'nes i feddwl bod ishe fi neud rhwbeth hefyd. A dyma fi.'

'Ti wedi bod mewn cyn heddi 'te?'

'Es i mewn ddo' a'r diwrnod cyn 'ny. Ro'dd e'n ddigon rwff, ma'n rhaid dweud, digon o...'

'Pwy a'th â ti bryd hynny 'te?'

Dyna gonsýrn Steve – pwy gafodd y busnes cyn fe. Naill ai hynny neu doedd e ddim am wybod gormod am fanylion treisgar y ddeuddydd cynt.

'Dau foi lleol, fi'n credu.'

Daeth y sgwrs i ben yn naturiol ac fe lenwodd tawelwch ffurfiol gyrrwr a'i gwsmer y gagendor a adawyd ar ei hôl. Amser i ystyried. Pwyso a mesur. I Steve, yr unig wir gysylltiad rhyngddo a'r streic cyn hynny oedd y siarad a'r trafod yn y dafarn neu wrando ar bobl eraill yn gwneud hynny ar y teledu. Roedd glöwr go iawn gydag e yn y sedd gefn nawr. Stori wahanol.

Ymddangosai ambell bwll yn y pellter nawr ac yn y man, gan fagu arwyddocâd newydd i ffordd Steve o feddwl a'i brocio mewn ffordd na fyddai wedi gwneud rhyw hanner awr ynghynt.

Parhaodd â'i holi, ond nid chwilfrydedd erbyn hyn ond yr angen i ddeall oedd yn ei symbylu.

'Ond os ti'n mynd 'nôl i'r gwaith, mae'n ddigon posib y gwnei di ddiodde, falle dy deulu hefyd, ac nid dim ond nawr ond am flynyddoedd i ddod. Ma 'na un cwestiwn amlwg: pam?'

''Yn ni wedi cael amser caled dros y dyddiau dwetha, ma rhaid gweud. Pobol yn gwneud pethe'n anodd ar y diawl i ni. Ma pobol drws nesa wedi rhoi posteri ar eu tŷ nhw yn gweud "Scabs next door" a pethe tebyg...'

'Er mwyn gweud wrth bawb beth ma nhw'n feddwl ohonot ti?'

'Ie, i raddau, ond hefyd na'th rhai o'r bois benderfynu dod rownd i'n tŷ ni i drio, ym, ca'l gair 'da fi wedyn ni. Ethon nhw i'r tŷ rong. Ethon nhw drws nesa yn lle i'n tŷ ni. So, lan a'th y posteri yn syth i neud yn siŵr bod pawb yn dod i'n tŷ ni y tro nesa.'

'O'dd y bobol drws nesa wedi ca'l lot o drafferth 'te? Ne' dim ond mater o gnoco'r drws anghywir o'dd e? Smo hwnna'n big deal, ody e?'

'Wel, nac ydi, ond ffindodd ambell fricsen ei ffordd drwy ffenestri drws nesa. 'Na pam o'n nhw'n grac.'

'Wel, galla i ddeall hwnna. Ma fe'n gofyn lot i rywun arall roi lan 'da rhywbeth 'yt ti'n sefyll lan drosto fe, smo ti'n meddwl?'

'Sai'n gweud llai.'

'So, fel wedes i, yr un cwestiwn sy'n dal i fynd trwy'n meddwl i yw pam?'

Roedd y teithiwr yn gwybod pa fath o 'pam' oedd ym meddwl ei yrrwr nawr. Y 'pam' dyfnaf, mwyaf elfennol.

Doedd dim ateb parod yn cynnig ei hun o enau'r glöwr. Arhosodd am eiliadau cyn ateb cwestiwn a oedd wedi bod yn troi yn ei feddwl ers misoedd lawer.

Roedd yna ateb, oedd. Ond mater arall oedd ceisio gwneud i rywun arall, o'r tu fas, ei ddeall. O'r diwedd, mentrodd yr ychydig eiriau roedd yn bosib iddo eu hyngan ar y fath achlysur.

'Achos bod rhaid.'

Y 'rhaid' greddfol. Y 'rhaid' doedd fawr neb arall yn ei ddeall ac a oedd yn dod yn fwyfwy cyffredin y dyddiau hynny.

Wedi ateb, trodd i edrych ar dir y rhan honno o Gymru a oedd yn gwibio heibio iddo ac yntau ar ei ffordd i gyflawni'r hyn roedd yn rhaid iddo'i wneud. Defaid anniben. Bryniau gwyllt. Gorsaf betrol. Archfarchnad ac ambell siop. Rhesi o dai yn noethi eu cefnau tlawd yn ddigywilydd iddo fe a phawb arall a oedd yn mynd a dod ar yr un hewl trwy'r dydd, bob dydd. Popeth yn troi yn un stribyn hir o olau lliwgar wrth iddo symud ar ei siwrnai.

Ar lawr y dyffryn, lle roedd pwll Pantglas yn gorwedd a'r tai'n codi o'i amgylch fel galeri capel uwchben y sêt fawr a'r pulpud, roedd y glowyr wedi ymgasglu'n anniddig ac yn anesmwyth.

Roedd yna ddynion ar y llinell biced y bore hwnnw, fel ymhob pwll arall yng Nghymru. Fel ymhob man arall, ochr yn ochr â'r glowyr roedd nifer fawr yno'n cefnogi. Teulu. Cymdogion. Rhai heb yr un perthynas yn gweithio mewn pwll. Eraill yn dal wedi'u gwahardd am oes rhag bod yn aelodau o lyfrgell y glowyr oherwydd bod sgabs wedi bod yn eu teulu yn ystod rhyw streic neu'i gilydd yn y gorffennol pell. Dwfn oedd cwrs dicter. Doedd y ffin rhwng maddau ac anghofio ddim yn bodoli mewn gwirionedd. Doedd yr un o'r ddau'n bosib.

Doedd yr hwyliau ddim yn dda iawn y bore hwnnw. Roedd araith Arthur Scargill yn yr Afan Lido ychydig ddyddiau ynghynt wedi rhoi bywyd newydd i filwyr Arthur a'u hachos ac wedi gwthio eraill i wneud y penderfyniad i fynd 'nôl i'r gwaith. Hogwyd y cleddyfau'r bore hwnnw. Roedd tyndra haearnaidd yn yr awyr ac yn llygaid y glowyr, teimlad o dynhau gafael ar rywbeth gwerthfawr, ond y math o dyndra sy'n awgrymu bod rhai'n gwybod mewn gwirionedd eu bod yn dechrau colli eu gafael yn barod ac y byddent yn colli eu gafael yn llwyr cyn hir.

Roedd rhain yn bobl a wyddai beth oedd pris y glo. Go brin fod yr un gymuned wedi talu'n fwy am ei glo erioed. Dim ond pobl cymunedau fel Senghennydd allai ddechrau deall sut roedd byw ar ôl cyflafan. Gerllaw roedd aberth pobl Aberfan yn gorwedd mewn dwy res hir o feddau gwynion ar lethr y bryn uwch eu pennau. Doedd fawr neb o'r genhedlaeth honno ar y llinell biced y bore hwnnw. Roedd 144 o lefydd gwag yn y pentref ac roedd ymladd i gadw'r pwll ar agor yn un ymdrech arall eto fyth i wneud yn siŵr na chaent eu hanghofio.

'O's rhaid i fi fynd â ti reit lawr i'r pwll 'te?' gofynnodd Steve yn eithaf ofnus ac ansicr.

'Na, ti'n ocê. Ma bws yn mynd â ni reit mewn. Ma fe'n cwrdd â ni tu fas i'r pentre i fynd â ni i gyd gyda'n gilydd i'r pwll ac wedyn yn pigo rhai lan ar y ffordd hefyd.'

'Diolch byth am 'ny. O'n i ddim yn ffansïo mynd mewn i'r pentre a bod yn onest, police escort neu beidio. Pam o'dd y cwmni lleol o'dd 'da ti ddo' ddim ar ga'l heddi 'te?'

'Ddim ishe'r job. Smo hwnna'n dy synnu di, ody fe?'

'Na, dim rili. A dod aton ni am fod pobol yn meddwl falle fod ni bobol Caerdydd ddim yn becso dam am y streic. Bois o'r tu fas yn siwto'n well.'

'Wel, ma lot yn hwnna. Clywes i'r bois yn gweud nithwr bod y cwmni tacsi wedi derbyn y job achos bod e'n ddêl da iawn a bod ishe arian arnyn nhw achos bod tamed bach o broblem 'da nhw.'

Roedd y geiriau'n gryn ergyd i Steve. Allai hynny fyth fod yn wir. Byddai Lloyd wedi dweud wrtho fe. Trafferthion? Roedd pawb yn brysur bob dydd. Wrth i'r meddyliau droi, roedd y teithiwr yn dal i siarad.

'So, roedd yr amseru'n grêt i bawb rili. Achos galle hwn lusgo am wythnose. Jobyn digon steady i gwmni sy'n diodde, bydden i'n meddwl.'

Tawelodd Steve.

'Watsha!'

Sgrechiodd y teithiwr o'i sedd gefn a'r arswyd yn amlwg yn ei lais. Roedd wedi gweld llanciau ar y bont gerdded uwchben yr hewl yn codi rhywbeth uwch eu pennau, fel petaen nhw'n barod i'w daflu.

Roedd hi'n rhy hwyr i Steve ymateb.

Tasgodd bricsen oddi ar fonet y car. Yn syth wedyn, dilynodd postyn concrit, gan daro'r tacsi. Daeth ail floc concrit yn gyflym ar ei ôl gan chwalu ffenest flaen y car a hyrddio'n syth yn erbyn corff Steve. Collodd bob rheolaeth ar y tacsi. Gwasgarwyd gwydr dros bob man wrth i'r car droi a throi ar hyd y lôn am lathenni.

Canai corn y car yn ddi-baid gan regi sŵn arferol y bore wrth i bwysau'r concrit wasgu ar yr olwyn.

Hoeliwyd Steve yn ôl yn erbyn cefn ei sedd gan y concrit. Roedd gwaed yn ei lygaid. Darnau o esgyrn yn ei geg. Wyneb yn gwthio i mewn i'w gefn a gwaed o'i drwyn a'i ben yntau'n rhedeg i lawr cefn gwddf Steve wrth i hwnnw wingo yn ei boen. Gwydr yn fôr o risial. Darnau mân ymhob man posib o amgylch y car ac ar gyrff y ddau. Darnau bach o wydr wedi torri ar wasgar. Y cyfan yn pefrio wrth iddyn nhw ddal goleuadau amrywiol y cerbydau oedd yn pasio cyn mynd ar goll yn y düwch.

Ac yn y düwch, dryswch y meddyliau di-drefn. Y cofio cysurus. Y cofio cythryblus. Am yn ail, drwy'r trwch, wrth i Steve geisio dal gafael ar ei fywyd byr, gwelodd ef ei hun yn edrych arno yn y car, Steve y plentyn wyneb yn wyneb â Steve yr oedolyn. Cofiodd.

Nadolig plentyn. Siôn Corn a'i farf wen. Sachau'n llawn anrhegion. Tinsel. Siôn Corn. Iesu Grist. Preseb yn llawn ceirw. Y bugeiliaid gyda Siôn Corn a'r doethion o dan y sêr gyda'r defaid.

Arogl gwaed yn awyr iach y bore. Y gwair ar ôl glaw, concrit. Cymylau fel anadl babi bach yn pasio heibio'n ysgafn. Arogl ofn.

Trodd popeth o bob lliw a llun yn ei ben. Rownd a rownd a rownd fel dillad ynghlwm yn ei gilydd yn nŵr berw'r peiriant golchi.

Roedd y teithiwr yn un swp yn y sedd gefn. Gwasgai sedd Steve yn erbyn y dyn yn y cefn a'i ddal yn gaeth. Roedd y ddau'n gaeth yn eu carchar, concrit yn dal un a sedd car yn dal y llall. Wrth i'r car droi a throsi a'r concrit yn dal ei gorff yn llonydd, roedd pen Steve yn rhydd ac yn cael ei hyrddio o'r naill ochr i'r llall yn ddidrugaredd, fel pen doli glwt. Ac ar ochr arall y ffordd, fe âi ceir eraill heibio. Fe âi bywyd yn ei flaen.

Siglwyd ef am ennyd pan darodd y car y pyst yng nghanol y

ffordd a wahanai'r traffig. Roedd hi'n ergyd anferth a drodd y car i wynebu'r cyfeiriad arall. Sgrialodd car arall i osgoi'r tacsi a llwyddo i wneud hynny mewn pryd. Doedd gan Steve ddim rheolaeth ar ei dacsi nac ar ei fywyd.

'Wyt ti'n iawn?' mwmialodd y glöwr o'r sedd gefn. Gwelai Steve yn ei gyflwr arswydus ym mlaen y car.

Sgrechian yn ei boen oedd yr unig beth y gallai Steve ei wneud. Cri ddirdynnol. Caeodd ei lygaid am ysbeidiau achlysurol er mwyn dileu'r olygfa o'i feddwl dros dro.

Chwalodd rhagor o wydr. Ildiodd rhagor o fetal a gwasgu pwysau'r concrit yn ddyfnach i gorff Steve.

Ac yna'r panig llwyr. Y meddyliau dieithr yn cael eu gwthio trwy ei glwyfau ac i ganol ei feddwl dryslyd.

Doedd e ddim wedi bod fan hyn o'r blaen.

Doedd e ddim yn gwybod beth i'w wneud. Doedd e ddim yn barod.

'Llonydd. Dyna dw i eisiau. Heddwch.'

Ochneidiodd wrth feddwl am yr anadl einioes a oedd yn gadael ei gorff mor gyflym ac yntau'n gwbl ddiymadferth i'w rwystro.

'Llonydd. Heddwch. Dim mwy. Gad fi fod. Pam, Geraint? Pam fi, Duw? Pam? Duw! Diane! Diane! Diane!'

Gwelodd wyneb ei wraig ar amrywiol adegau yn eu perthynas yn pasio heibio'i lygaid ac yn taflu ei hun ar sgrin y cof, lluniau'r sgrin arian fel caleidosgop, yn mynd ac yn dod gyda phob tro ac yn creu patrwm newydd gyda phob darn unigol newydd a ddeuai o'i flaen, a gyda phob delwedd a theimlad. Ond doedd hi ddim gydag e nawr. Ddim mewn gwirionedd. Roedd hyn yn ormod iddo.

'Hiya, Steve, Lloyd sy 'ma. Ti'n joio dy drip mas o'r ddinas ddrwg? Over.'

Cododd casineb fel cyfog i gefn ei wddf. Casineb y caeth. Casineb rhywun arall a oedd yn ei gadw yn y fan a'r lle fel y concrit a bwysai ar ei gorff. Casineb brwydr rhywun arall. Casineb llygaid y rhai a welai ddim ond un person yn eistedd yn y tacsi.

Teimlodd chwa o awyr iach y bore yn chwythu drosto ac yntau yn ei garchar. Sylweddolodd fod un o'r drysau cefn wedi cael ei agor a deallodd Steve fod ei gydymaith wedi llwyddo i symud tua'r drws a'i agor. O gornel ei lygaid, fe'i gwelodd yn disgyn o'r sedd gefn ar hewl Blaenau'r Cymoedd. Roedd e'n rhydd.

'Steve, copy? Lloyd unwaith eto. Jyst tsiecio shwd mae pethe'n mynd. Collest ti'r signal gynne? Ges i ddim ateb 'da ti. Oes rhywun mas 'na? Over.'

Roedd Steve yn teimlo fel dyn yn ei unigrwydd yn gweld golau'r lleuad rhwng canghennau trwchus y goedwig dywyll, ond doedd e byth yn mynd i'w gyrraedd. Doedd e erioed wedi bod mor agos, ond fyddai e byth yn ddigon agos i'w gyffwrdd.

'Steve, Lloyd eto. Gwranda, angen mynd â rhywun arall pan ddei di 'nôl... aros funud... o Grangetown i'r Catholic Church yn Charles Street. Copy, Steve. Ble yffach 'yt ti, boi?'

Roedd y car yn gorffwys hanner ffordd i fyny'r bancyn gwair ar ochr yr hewl, olion yr olwynion yn y gwair a'r mwd yn dangos y man lle gadawodd y briffordd.

Roedd popeth yn dawel y tu mewn i'r car.

Y tu allan, sŵn arferol pobl ar eu ffordd i'r gwaith, y plismyn yn rhuthro tuag atyn nhw a lleisiau brys yn galw am gymorth ar y tonfeddi. Sŵn adar a defaid yn y pellter a thrwy'r cyfan, sŵn traed yn rhedeg yn drwm ar draws y bont a groesai'r gyflafan.

9

Ugain mlynedd wedi'r streic:
Calon

'**P**AID!'
Gwaeddodd Susan yn chwareus a chyffrous wrth i Matthew geisio ei choglais yn ei hochr yn ddigon diniwed, gan groesi a gwthio ffiniau wrth wneud hynny. Roedd y ddau'n cerdded ar hyd stryd fawr Merthyr ac yn mwynhau ysgafnder cwmni ei gilydd. Penderfynodd Matthew beidio â gwrando ar ei ffrind ac fe wnaeth yn union yr un peth eto, gyda'r un ymateb. Roedd yna atyniad amlwg rhwng y ddau, ond hyd yma doedd gan yr un ohonyn nhw lawer o syniad pa mor bell y byddai'r atyniad hwnnw'n mynd â nhw. Roedd mwynhau'r daith yn ddigon i'r ddau.

'Ble awn ni nesa 'te?' gofynnodd Matthew.

'Sdim ots 'da fi, dim ond bo ti'n gadael llonydd i fi a pheidio 'ngoglais i pan gyrhaeddwn ni 'na!'

'Ocê, sboilsbort! Beth am goffi 'te? So ni wedi cael un ers o leia hanner awr!'

'Ocê, bant â ni 'te. Jyst atgoffa fi bod ishe i fi gwrdd â'n wncwl nes mla'n – rhag ofn i fi ymgolli'n llwyr yn dy gwmni di ac anghofio am bawb arall!'

Roedd eu cellweirio'n dwysáu. I ffwrdd â nhw, cwdyn yr un o CDs yn eu dwylo, i chwilio am le gwahanol i ddiwallu'r un angen. Wedi setlo mewn lle o'r fath, trodd y sgwrs unwaith eto at gynnwys y bagiau ar y bwrdd.

'So ti'n prynu dim byd ond CDs a coffi, Matt!'

'Na ti. 'Na gyd fi moyn, a dweud y gwir, a dillad nawr ac yn y man, sbo.'

'Pleserau syml, Matt. Gwario arian yw'r orgasm rhwydda gei di, on'd tyfe?'

'Erioed wedi meddwl amdano fe fel 'na, Susan!'

Cochodd Matthew fymryn, a deffrodd rhyw anesmwythder cyffrous yn ei gorff. Roedd yn hoffi'r syniad o gael cyfeiriad rhywiol gan Susan. Doedd dim un ffordd yn y byd, fodd bynnag, y gallai ddilyn y fath sylw ag ateb priodol. Aros gyda'r cyfarwydd oedd orau. Ond cyn iddo ymateb, roedd Susan wedi cychwyn ar drywydd arall.

'Ti'n lico geiriau caneuon cymaint â'r miwsig, on'd wyt ti, Matthew?'

'O diar, so ni 'nôl at bregethau Elvis 'to, ydyn ni?'

Erbyn hynny, roedd dipyn yn fwy hyderus ac yn gallu tynnu ei choes ynglŷn â'i Meseia o Graceland, a hithau'n llai tebygol o gael ei digio gan ei sylwadau.

'Ti'n iawn. Dim ond syrtain math o CDs wna i brynu, cofia. Gwell 'da fi'r caneuon sy â rhywbeth 'da nhw i'w ddweud.'

'Beth sy 'da *Radio K.A.O.S.* i'w ddweud 'te?'

Roedd Matthew wedi syrthio i drap gorfod sôn yn benodol am ei gysylltiad â'r CD arbennig hwnnw, ac awgrymiadau lled rywiol Susan wedi'i ddallu. Yn lle creu rhwystr ar hyd y llwybr, roedd wedi agor y drws a hwnnw'n ddrws ffrynt llydan.

Trwy lwc, fe ddaeth y weinyddes â choffi i'r ddau ac roedd ganddi amser i'w holi ynglŷn â'u hiechyd a'r tywydd ac i gwyno am gyflwr y stryd fawr, y dref a'r ardal yn ystod y munudau hir a gymerodd i gyrraedd y ford a rhoi'r cwpanau i lawr arni. Gwelodd Matthew ei gyfle.

'Wel, ro'dd digon 'da honna i'w ddweud, yn do'dd e?'

'Ma rhaid i ti gael rhyw ffordd o gadw ti fynd trwy'r dydd yn gweini ar bobol fel ti a fi, siŵr o fod!'

'Ti'n gwbod rhywbeth am Howard Winstone, 'te?'

Diolch byth am gerflun yng nghanol siopau, meddyliodd Matthew wrth ofyn y cwestiwn.

'Dim blydi cliw. Pwy yw e?'

'Cyn bencampwr bocsio'r byd a bachan bach o Ferthyr!'

'O'n i'n meddwl taw Joseph Parry o'dd y bachan bach o Ferthyr. Do'dd e ddim yn bocsio, o'dd e?'

Chwarddodd Matthew. Nid oherwydd y cwestiwn a ofynnwyd iddo, ond oherwydd nad oedd ganddo syniad pwy oedd Joseph Parry. Adrodd un o ddywediadau ei fam-gu oedd e wrth sôn am y llanc o'r dref. Penderfynodd fwrw ymlaen â'i destun gwreiddiol, Howard Winstone, ac anwybyddu sylw Susan.

'Ro'dd e'n arfer gweithio yn y ffatri deganau draw fan'na ond trodd e at focsio. Mae'n anodd osgoi bocsio mewn lle fel hyn. Ma pawb wrthi, a Merthyr yn brifddinas bocsio'r byd. Wel, 'na beth ma rhai'n gweud, ta beth. Torrodd e dop un o'i fysedd bant mewn damwain yn y ffatri ond na'th hwnna ddim ei stopo fe rhag bocsio.'

'Ma'n wncwl i'n dwlu ar focsio. Fi'n credu bod e wedi neud tamed bach ei hunan. Nid bo fi wedi holi fe lot am hwnna chwaith – dim diddordeb 'da fi o gwbl! Os byddi di'n dal o gwmpas nes mla'n, falle gallwch chi'ch dou ga'l sgwrs o ddifri am y diléit r'ych chi'n ei sharo. Ne' ody hi'n rhy gynnar i ti gwrdd â rhai o'r teulu 'to, ody hi, Matthew?'

Fflachiodd Susan wên ddireidus at Matthew wrth sôn am gyfarfod â'i theulu. Roedd yr elfen chwareus rhyngddyn nhw yn dyfnhau a Matthew wrth ei fodd. Roedd y sgwrs ar garlam nawr ac wedi ymbellhau oddi wrth y CDs.

'Glöwr o'dd e, ti'n gwbod, yn hollol wahanol i Dad.'

Cafodd Matthew ei syfrdanu. Roedd llwybr y sgwrs wedi cymryd tro annisgwyl, un sydyn ac anodd, ac fe deimlai ei hun yn cael ei hyrddio yn ôl i wynebu ei hun. Rhaid oedd iddo ymateb ond rhaid fyddai gwneud hynny mewn ffordd gwbl naturiol, fel petai'n sôn am y tywydd a dim byd mwy.

'Wel, 'na beth yw dau frawd eitha gwahanol 'te! Shwd ethon nhw ar ddau drywydd mor wahanol? Un â'r brains a'r llall â'r brawn, ife?'

'Ti'n awgrymu nad oes brains 'da glowyr 'te, Matthew? Ma hwnna damed bach yn angharedig, on'd yw e? Nage a gweud y gwir, ro'dd digon ym mhen Tony, ond yr awydd o'dd ddim 'na, medde fe.'

Teimlai Matthew ei fod wedi methu'n llwyr yn ei ymgais i sgwrsio'n naturiol. Roedd y muriau'n dechrau cau o'i gwmpas ac yn gwneud iddo deimlo'n anghyffordus tu hwnt, a'r wasgfa'n dwyn yr aer roedd ei angen arno i feddwl yn glir a phwyllog. Ailgydiodd Susan yn y sgwrs.

'A'th Tony i'r coleg a cha'l gradd hefyd, ond yn sydyn reit newidiodd e gyfeiriad a dechre whilo am waith dan ddaear. Jyst fel 'na. Ma Dad yn meddwl bod rheswm mwy na hynna ond so fe'n gwbod beth ydy fe, so sdim gobaith 'da fi wbod, o's e? Licen i wbod 'fyd, ma rhaid gweud.'

Roedd Matthew yn dal rhwng dau feddwl ynglŷn â beth ar y ddaear y gallai ei ddweud ond mentrodd barhau â'r sgwrs gan dybio taw dyna fyddai'n naturiol yn hanes byr eu perthynas hyd yma.

'Falle y cei di wbod rhyw ddydd, ti byth yn gwbod. Ble o'dd e'n löwr 'te?'

'Ro'dd e mewn dou bwll. Dechreuodd e mewn pwll yng Ngwent rhywle ac wedyn aeth e i Pantglas. 'Na lle ro'dd e pan o'dd y streic fawr mla'n yn 1984. A'th hi'n damed bach o strach fan'na achos na'th e benderfynu mynd 'nôl i'r gwaith cyn diwedd y streic. So, ma sgab 'da fi yn y teulu, t'wel.'

Cyfeiriodd Susan yn ddigon ysgafn at fodolaeth cynffonnwr yn ei theulu, heb unrhyw syniad bod hynny'n creu tensiwn o unrhyw fath i Matthew. Am y tro cyntaf, roedd y ddau ar wahân yng nghwmni ei gilydd. Roedd Matthew'n bell o fod yn gyfforddus yn y byd tra gwahanol hwn, a synhwyrodd Susan y newid byd yn ei chyfaill. Ei thro hi nawr oedd ceisio dod o hyd i ffordd i ddangos hynny heb ei gythruddo. Ond dim ond un ffordd roedd hi'n gwybod amdani mewn gwirionedd, a cheisiodd ei gorau i ysgafnhau unrhyw letchwithdod posib gyda'i hysbryd ysgafn arferol.

'O diar, o'dd dy dad di ddim yn löwr mas ar streic, o'dd e, a ti nawr yn rhannu coffi 'da perthynas i rywun fyddai'n elyn pennaf i dy dad? Fydden ni ddim wedi gallu gwneud hyn yn ystod y streic ei hunan nac am sbel wedyn, ma 'na'n sicr. Pa siawns i hynny ddigwydd! Ma'r byd yn fach, on'd yw e!'

Doedd dim dianc i Matthew nawr – roedd y sgwrs yn ei gario a rhaid fyddai mynd gyda'r llif.

'Na, ti'n ocê yn hynny o beth, Susan. Do'dd Dad ddim yn löwr yn y lle cynta. Ti'n cofio lot am y streic 'te?'

'Na, dim rili. Ma Dad wedi sôn am ambell beth ddigwyddodd ar y pryd a fi 'di clywed fe a'i frawd yn clebran lot am y peth, wrth gwrs. Swno i fi fel bod e'n amser anodd ar y diawl i beidio gweithio am flwyddyn gyfan. Whare teg iddyn nhw am sefyll dros beth ro'n nhw'n 'i gredu, weden i. So ti'n meddwl 'ny? A da'th hwnna ddim i ben 'da diwedd y streic chwaith. Fi'n cofio pwll yn cau rhywle ac ar ddiwrnod y shifft ola roedd llond bws mini o fenywod 'na i nodi'r achlysur a dangos bod cau'r lle yn gamgymeriad mawr. Ond do'dd dim un dyn yn agos a phan dda'th y glowyr mas am y tro ola erioed, ro'n nhw'n edrych fel pe baen nhw'n teimlo cywilydd ac yn ddigon anesmwyth bod y menywod 'na! Whare teg i'r menywod am gadw'u safiad, weden i, a para i sefyll dros be o' nhw'n gredu.'

'Ma sefyll dros be ti'n credu yn un peth, ond ti'n gallu mynd â'r achos yn rhy bell hefyd.'

Ateb swta oedd un Matthew. Ymgais i geisio gwneud pwynt heb ei orlwytho, gan wybod y byddai Susan naill ai'n ei holi ymhellach neu'n cytuno ag e. Doedd dim ots erbyn hyn.

'Www! Siarad mawr, Mr Matthew! Ma lot o beth ro'dd

Tony'n dweud yn dy eiriau di. Ro'dd e wastad yn conan bod pobl wedi mynd yn rhy bell yn ystod y streic. Hyd yn oed ar ôl i'r streic gwpla, o'dd e'n gweud yr un fath o bethe. Na'th e ffys aruthrol pan na'th glowyr Pantglas gerdded mas mewn protest sbel wedi'r streic. A'th pob un o'r 700 ohonyn nhw mas mewn protest yn erbyn beth ddigwyddodd yn y llys i ddou foi laddodd y drifwr tacsi o'dd yn mynd â sgab i'r gwaith. Lwcus nad o'dd Wncwl Tony yn gwitho 'na ar y pryd. A'th e off 'i ben bod pobol yn protestio yn erbyn rhoi dau foi a laddodd rywun yn y jail. Yn ôl beth o'dd y glowyr yn 'i ddadle, nid cyfiawnder gawson nhw yn y llys ond un fuddugoliaeth fach arall yn erbyn y glowyr, a phawb wrth eu bodd bod 'da nhw ffon arall i guro'r glowyr. 'Na pam o'n nhw'n grac. Cytuno 'da'r sgabs wyt ti, ife? Gweud bo nhw'n iawn i fynd 'nôl yn gynt na phawb arall achos bod y frwydr wedi'i hen golli? Y picedwyr a'th â phethe'n rhy bell, 'na be ti'n gweud?'

Erbyn hyn, doedd yr un o'r ddau yn talu fawr ddim sylw i'r byd o'u cwmpas nac i'r coffi o'u blaenau. Roedd y ddau'n ystyried eu sgwrs, a Matthew'n gwybod erbyn hyn na fyddai modd iddo gadw'n dawel yn rhy hir. Roedd y ddau'n hofran yn y tir neb a oedd rhyngddyn nhw, y ddau'n awyddus i ddod o hyd i lecyn i lanio ac yn ceisio osgoi taro'n erbyn ei gilydd ar yr un pryd. Roedd y ddau'n edrych ar ei gilydd gryn dipyn ac yn ceisio dyfalu beth oedd y meddyliau y tu ôl i'r llygaid o'u blaenau. Yn raddol bach, roedd y ddau'n troedio'n ofalus o ansicr i dir a oedd yn newydd iddyn nhw, a'r newydd-deb hwnnw'n creu ei ansicrwydd ei hun.

'Na. Dim o gwbl. A'th pawb yn rhy bell, os ti'n gofyn i—'

'Yffach – Tony! Fi fod cwrdd â fe. Ti moyn dod 'da fi, Matt? Jyst pigo llond cwdyn o ddillad lan oddi wrtho fe yn y launderette sy rhaid i fi neud.'

Mewn ymgais i ddod ag ysbryd y sgwrs yn ôl i'r fan lle roedd e cyn iddi dorri ar ei draws mor sydyn, ychwanegodd Susan,

'Gallwn ni bara i drafod ar y ffordd 'na ac wedi hynny os ti am. Ti'n gêm, Matt?'

Doedd Matthew ddim yn rhy siŵr ynglŷn â chwrdd â Tony, nac, i fod yn fanwl gywir, ag unrhyw aelod o deulu Susan. Nhw ill dau oedd y berthynas, fel yr oedd hi. Doedd dim lle i neb arall. Doedd dim angen neb arall. Byddai hi a fe a rhywun arall yn newid deinamig y cyfan oedd ganddyn nhw. Ond, os nad âi gyda hi, byddai'n rhaid ffarwelio. Dewisodd Matthew y lleiaf o ddau ddrwg.

'Ocê, man a man. Bant â ni 'te.'

Wnaeth y ddau ddim ailgydio yn y sgwrs wrth iddyn nhw adael y caffi ac anelu at y man golchi dillad yng nghanol y dref, ac roedd hynny'n rhyddhad i Matthew.

'Haia, Tony!' meddai Susan yn frwdfrydig wrth weld ei hewythr yn eistedd ar fainc bren ger rhes o beiriannau sychu.

'Shwd wyt ti, blodyn?' atebodd yntau'n wresog. ''Ma'r sboner, ife?'

'Bihafia, Tony! Matthew yw hwn, a newydd gwrdd 'yn ni – so ni wedi ca'l digon o amser i roi label arnon ni'n hunen eto!'

'Shwmae, Matthew.'

'Helô.'

Digon tawel oedd ateb Matthew. Cwrtais, ond tawel. Ond yna sylwodd ar rywbeth a fyddai o ddiddordeb i Susan, a manteisiodd ar y cyfle i ysgafnhau'r awyrgylch.

'Edrych, ti wedi bod 'ma o'r bla'n, wyt ti?'

Pwyntiodd at enw wedi'i grafu yn y paent ar un o'r peiriannau sychu mawr a safai yn erbyn wal gefn y golchdy. Dyna lle roedd y gair Elvis yn ddu yng nghanol lliw hufen y peiriant.

'O, ti wedi clywed am berthynas fy nith a'r Brenin yn barod, wyt ti?' meddai Tony. 'Sister Susan of the Immaculate Pelvis, myn yffarn i!'

Gwenodd Matthew'n braf, yn amlwg yn mwynhau'r ffaith

bod ei hewythr yn gallu bod yn dipyn mwy ewn nag yntau yn ei ymwneud â ffynhonnell annisgwyl ffydd Susan.

'Ni newydd fod yn siarad amdanat ti,' meddai Susan, gan anwybyddu Tony'n llwyr a newid cyfeiriad y sgwrs. 'Ro'dd Matt yn rhoi ei farn ar streic y glowyr, nag o't ti, Matt?'

'Na, ddim rili.'

'Do, wedes ti bod pawb wedi mynd yn rhy bell.'

'So fe cweit mor rhwydd â hynny...'

Ateb swta iawn oedd un Matthew ac fe sylweddolodd Susan hynny'n syth. Ond doedd Tony ddim yr un mor graff, neu, os oedd e, doedd e ddim am adael i hynny ei rwystro rhag dweud ei ddweud wrth Matthew cyn ei fod yntau'n cael cyfle i ymhelaethu.

'O, diddorol iawn, Matthew bach. A beth sy 'da ti i weud am y streic fawr 'te? Pwy berlau sy 'da crwt ifanc fel ti i'w rhannu ynglŷn â beth ethon ni drwyddo fe pan o't ti'n dal yn dy drowsus byr a dy fam yn sychu dy drwyn di?'

'Tony, sdim ishe bod fel 'na.' Torrodd Susan ar ei eiriau er mwyn amddiffyn Matthew.

'Sori, Susan,' roedd Tony am fynd yn ei flaen beth bynnag, 'ond ma fe'n mynd dan 'y nghroen i pan ma pobol yn cynnig barn ar rywbeth ma nhw'n meddwl bo nhw'n gwbod rhywbeth amdano fe. Fi wedi ca'l digon ar siarad wast am y streic 'na i bara gweddill 'y mywyd i. Fi syrtainli ddim ishe rhagor gan gryts ifanc, pwy bynnag 'yn nhw.'

'Susan,' mentrodd Matthew gyfrannu, 'ma'n amlwg bo problem 'da Tony cyn belled ag ma'r streic yn y cwestiwn, a so fe wedi clywed beth sydd 'da fi i weud eto. Well i fi adael cyn bo fi'n gweud rhywbeth. Arhosa i ti tu fas, sdim problem.'

Allan â Matthew i brysurdeb y stryd fawr ac i ddifaterwch ei phobl. Mae gan bawb ei stori, meddyliodd, wrth geisio pwyso a mesur agwedd Tony, ond roedd stori rhai'n pwyso mwy arnyn nhw nag ar eraill. Brasgamodd yn ôl a blaen ar hyd ffrynt y lle golchi dillad, yn ddigon aflonydd wrth feddwl am ymateb Tony. Wrth i rywun agor drws y golchdy, clywodd lais Susan.

'Tony, shwd gallet ti? Ti'n gallu bod yn real diawl bach blin a lletchwith. Ti wir ddim yn gwybod am beth ti'n sôn amdano ambell waith. Dere â'r blydi golch 'na i fi a bagla hi o 'ma'r pwrs!'

Gwenodd Matthew. Roedd yn hoffi hyfdra Susan. Roedd yn edmygu ei chadernid a'i hannibyniaeth. Cyn hir, roedd hi'n sefyll wrth ei ochr unwaith eto, a llond cwdyn bin o olch yn ei llaw. Heb ddweud gair, dangosodd ei bod yno gydag e yn fwriadol ac nid dim ond er mwyn cadw'r heddwch wedi sylwadau ei hewythr. Trodd Matthew i edrych arni'n dawel, y ddau'n edrych i lygaid ei gilydd gyda dealltwriaeth a ymestynnai y tu hwnt i'r cyfnod byr er pan ddaethon nhw i adnabod ei gilydd. Heb ddweud gair, fe ymddiheurodd hi dros Tony ac fe dderbyniodd yntau hynny.

Cerddodd y ddau heibio'r Forwyn Fair a'r llyfrgell, ac i dafarn Dic Penderyn. Yng nghanol yfwyr y cwrw rhad ac ambell banel a adroddai stori'r dyn a roddodd ei enw i'r dafarn, ailgydiodd Susan yn eu sgwrs yn y caffi fel petai'r ddau heb weld Tony o gwbl.

'Ocê, Matthew, dwêd wrtha i beth sy'n dy gnoi di, er mwyn dyn. Ti'n amlwg yn osgoi sôn am rywbeth. Beth yw e? O'dd rhywun arall yn y teulu yn y gwaith glo 'te, os nad o'dd dy dad? Ac os nad o'dd e'n bicedwr nac yn sgab, beth o'dd e, beth o'dd ei ran e yn y streic 'ma? Ma'n amlwg bod rhyw gysylltiad ne' fydde'r sgwrs 'ma ddim yn pwyso arnat ti gymaint ag y mae hi'n amlwg yn 'i wneud.'

'Ti'n cofio'r CD 'na, y diwrnod naethon ni gwrdd am y tro cynta?'

'Yr un roc a rôl 'na 'da côr meibion arno fe?'

Ceisiodd Susan gadw'r ysbryd yn ysgafn, er nad oedd hi'n siŵr a fyddai hynny'n gwbl bosib.

'Ie, 'na ti. Ma fe'n sôn lot am y streic. Glöwr o Gymru yw prif gymeriad y stori ma'r caneuon yn adrodd.'

Oedodd cyn mynd yn ei flaen.

'Ma un gân ar y CD sy'n sôn am y gyrrwr tacsi gas ei ladd yn ystod y streic… yr un 'nes di sôn amdano fe gynne.'

'O, diddorol. Sa i'n credu bod Tony'n gwbod hynny, na Dad chwaith – er falle fod hwnna'n llai o syndod! Ro'dd Tony wedi ymateb yn gryf i'r stori 'na achos ro'dd e'n arfer gweithio 'da'r boi o'dd yn cael y lifft yn y tacsi. 'Na pam ma fe'n corddi cymaint o hyd, fi'n credu. A'th y ddau 'nôl i'r gwaith 'da'i gilydd ar un o'r diwrnode cynta i'r glowyr ddechre gwneud hynny. Geson nhw amser eitha caled, fi'n credu, ond fe a'th pethe lot yn wa'th gwpwl o ddyddie wedyn, wrth gwrs. 'Na beth o'dd trasiedi ddychrynllyd…'

Edrychodd Matthew arni mewn tawelwch ystyrlon am amser hir.

'Dad o'dd y gyrrwr tacsi. Dad gas ei ladd.'

Roedd wedi gorfod dweud hynny droeon yn ystod y blynyddoedd ers i fywyd ei dad gael ei golli mor ifanc. Ond roedd rhywbeth yn wahanol y tro yma. Roedd yn agor drws newydd wrth adrodd y cyfarwydd wrth Susan, ac roedd hi'n ymddangos fel petai'n ymwybodol o hynny.

'O, Matthew! Matthew druan!'

Ac yna, gyda sylweddoliad sydyn, ychwanegodd bron o dan ei hanadl,

'Tony! Tony!'

Cydiodd yn ei law, â'i llais a'i llaw yn ymateb fel petai'r brofedigaeth newydd ddigwydd. Roedd hi iddi hi, wrth gwrs. Ond er iddo yntau fyw gyda'r sefyllfa ers blynyddoedd lawer, fe ymatebodd Matthew i'w symudiad a chydio'n dynn yn ei llaw hithau. Arhosodd y ddau fel yna am gyfnod hir. Susan dorrodd y tawelwch, gan fynegi'r hyn roedd hi'n amlwg wedi bod yn ei ystyried yn y munudau tawel.

'Digwyddodd hwnna flynydde'n ôl, Matthew. Ody e'n dal i ypseto ti cymaint ag mae'n ymddangos yn dy lygaid di nawr? Ma lot o boen yn y llygaid glas 'na, Matt.'

Doedd gan y ddau ddim syniad oedd yr yfwyr eraill yn eu clywed neu'n dangos unrhyw ddiddordeb yn eu sgwrs. Doedd dim ots. Roedd Susan ar drothwy stori, a'r cyfan yn newydd ac yn ddieithr.

'Pan ddigwyddodd y peth ro'dd y teimlade naturiol wedi'r golled yno ac fe gymrodd hi amser hir i'r rheiny wella. O'n i'n meddwl bod pethe wedi setlo erbyn hyn, ond ma'n amlwg bod pethe'n corddi eto. Ma 'da ti ran fawr i'w chwarae yn hwnna!'

'Diolch yn fawr! Ond sa i'n hollol siŵr yw hwnna'n beth da neu'n beth drwg.'

Tybed a fyddai e'n dod i ddeall? Oedd e nawr wedi dechrau troedio ar dir ffawd? Ond roedd digon o bethau eraill ar ei feddwl a bu'n rhaid iddo wthio'r syniad hwnnw i'r naill ochr gymaint ag y gallai er mwyn delio â'r hyn roedd Susan ac yntau'n ei drafod.

'Dw i ddim yn siŵr ai da neu ddrwg yw'r corddi newydd 'ma chwaith, a bod yn onest. Dw i ddim yn deall fy nheimlade fy hun ar hyn o bryd.'

'Ti ishe llonydd…?'

'Na, plis, paid mynd!'

Roedd dyheadau Matthew yn amlwg. Roedd angen Susan arno. Ei chlust a'i hysgwydd a'i dealltwriaeth. Doedd e ddim yn gwybod eto oedd e am ennill ei chalon – roedd hi'n llawer rhy gynnar i feddwl am hynny – ond roedd arno'i hangen yn y fan a'r lle yma nawr. Doedd e erioed wedi teimlo arwyddocâd 'nawr' yn pwyso arno mor drwm ac roedd yn rym pwerus yn y caffi. Roedd sicrwydd ei angen am gwmni Susan yn bodoli drwy ei holl amheuon.

'Aros os gelli di,' dywedodd gyda mwy o argyhoeddiad yn ei bwyll. 'Helpa fi neud sens o bopeth, Susan, plis.'

'Fi 'ma i ti, Matthew. Dwêd wrtha i shwd wyt ti'n gweld

pethe erbyn heddi 'te, falle bydd hwnna'n help i roi siâp ar bethe. Shwd wyt ti'n teimlo nawr tuag at y bobol na'th beth nethon nhw i dy dad?'

'Fi wedi bod yn grac, Sue, fi wedi bod yn chwerw. Beth sy'n anodd i fi yw deall dau beth. Y ffordd gas e 'i ladd, wrth gwrs, ond yn fwy na hynny falle, alla i ddim ca'l gwared ar y rheswm dros 'i ladd. Dyw delio 'da colled mor sydyn ddim yn hawdd pan ma cwestiynau fel 'na'n troelli yn fy mhen. Pam cymryd bywyd pan 'ych chi'n ymladd dros achos, hyd yn oed os yw'r achos yn un mor gryf? Alla i ddim deall hynna. Streic, iawn, ond...'

Doedd e ddim wedi bod mor agored i deimladau cryfion ers hydoedd. Ond roedden nhw 'nôl nawr, yn gryfach nag erioed.

Petrusodd Susan cyn ateb. Roedd gofyn bod yn ofalus ond doedd dim lle i droedio'n nawddoglyd o ysgafn chwaith.

'Pam 'yt ti'n meddwl na'th e ddigwydd 'te, Matt? Fi'n cymryd ti ddim yn meddwl taw damwain o'dd e, fel ma rhai'n gweud?'

'Ti'n iawn man'na! Dw i ddim yn credu taw trwy ddamwain ethon nhw â'r concrit a'r brics gyda nhw, wyt ti? Nid damwain o'dd bod 'na ar yr union amser ro'dd y tacsi fod i basio oddi tanyn nhw. Nid damwain oedd bod blocyn concrit yn nwylo un ohonyn nhw. Ro'n nhw'n gwbod be o' nhw'n neud. Y bastard Scargill 'na o'dd wedi corddi'r bobol nes bo nhw'n bygwth pawb a phopeth fel pac o gwn.'

Gadawodd Susan i Matthew garthu'r teimladau cryfion a oedd wedi cronni yn ei feddwl ac yn ei galon. Doedd dim diben rhesymu gormod a doedd hi ddim yn siŵr a oedd hi'n anghytuno gydag e beth bynnag.

'Arglwydd, Matt, o' ti yn y launderette 'na gyda glöwr o'dd wedi mynd 'nôl i'r gwaith, do'dd e ddim tamed gwahanol i'r boi na'th dy dad roi lifft iddo fe, ac yn wa'th byth ro'dd Tony yn 'i nabod e! Yffach, 'nes di'n dda i gadw'n dawel! O, Matt, ma hwn i gyd yn corddi cymaint o deimlade... Shwd ar y ddaear wyt ti'n gallu ymdopi? Ro'dd e mor ymosodol ac ro'dd 'da ti'r ateb perffaith iddo. Whare teg i ti, Matt… Sori, fi mor sori!'

Edrychodd Matthew ar y peint yn ei law mewn distawrwydd. Cododd ei lygaid yn y man i edrych ar Susan, a oedd yn parhau i edrych arno'n deimladwy.

'Pam nawr, Matt? Pam ma hwn i gyd yn dy gorddi di ar hyn o bryd?'

Wrth ofyn, sylwodd Susan eto ar y pentwr o CDs ar y bwrdd rhwng y ddau. Cofiodd esboniad Matthew o arwyddocâd y CD a brynodd y diwrnod pan wnaethon nhw gwrdd am y tro cyntaf, a daeth ergyd ei esboniad o berthnasedd y CD ychydig ynghynt yn ôl fel bollt i flaen ei meddwl. Daeth syniad i'w phen. Mentrodd holi a oedd cysylltiad rhwng cyflwr meddwl Matthew a'r disg.

''Na'r ddau beth ti wedi osgoi ateb fi'n glir ynglŷn â nhw heddi, y CD a'r streic. O'dd prynu'r CD wedi dod â'r atgofion 'nôl eto? Ai dyna pam wyt ti fel hyn?'

'Whare teg i ti am wneud y cysylltiad, er falle i ti ddod i'r casgliad anghywir. Ma cysylltiad rhwng y CD a'r streic, a gyda Dad hefyd, yn amlwg, achos y gân sy arno yn sôn am y ffordd gafodd Dad ei ladd. Ond ma hwnna'n ocê 'da fi. Nid 'na pam ma pethe'n dod 'nôl… Fy mrawd bach hoffus, Andrew. Fe sy'n gyfrifol am hyn i gyd.'

'Ma brawd 'da ti? So ti wedi sôn amdano fe o'r bla'n. Pam hynny, a pam taw 'i fai e yw hyn i gyd?'

'Sdim lot o Gymraeg rhyngddo fe a fi – sdim lot o eiriau mewn unrhyw iaith wedi bod rhyngddon ni ers blynyddoedd, a dweud y gwir. Ond ma Mam, fel ma hi'n neud o bryd i'w gilydd, wedi dechre rhoi pwysau arna i i drio siarad 'da fe 'to. Duw a ŵyr pam mae'n cael y pwle 'ma, ond mae hi reit yng nghanol un nawr. Mae'n siŵr bod hi'n rhoi'r un pwysau arno fe hefyd. Dyw e ddim wedi plygu i'r pwysau eto a sdim bwriad 'da fi neud chwaith.'

'Pam 'ych chi wedi cwmpo mas 'te? Ma'r ddou ohonoch chi wedi colli'ch tad – so hwnna'n ddigon i dynnu chi at 'ych gilydd?'

''Na pam ni wedi cwmpo mas. Falle bod e'n anodd deall, ond marwolaeth Dad sydd wedi'n gwahanu ni. Ro'dd Mam yn disgwyl Andrew pan gafodd Dad 'i ladd, felly wnaeth e erioed nabod Dad. Tynnodd hwnna ni'n ddigon agos at ein gilydd pan o'n ni'n blant. Wedi'r cyfan, ro'dd Andrew'n iau a ddim yn gallu deall digon i gwmpo mas.'

Edrychodd Susan ar Matthew tra oedd yn esbonio'r sefyllfa y cafodd ei deulu ei thaflu iddi. Teimlai'n flin drosto, yn sicr. Ond roedd haenen sylweddol o'i hymateb yn ddim byd ond chwilfrydedd a hyd yn oed penbleth. Doedd hi ddim yn deall pam na fyddai dau frawd a oedd wedi colli eu tad yn y fath amgylchiadau yn tynnu at ei gilydd. Doedd hi ddim yn gallu peidio â meddwl bod yna reswm mwy na hynny y tu ôl i'r dieithrwch oer. Doedd hi ddim yn siŵr, fodd bynnag, a fyddai hi'n cael cyfle i fynegi ei hamheuon dyfnaf.

'Pam nethoch chi gwmpo mas pan o'ch chi'n hŷn 'te?'

'Y streic. Wel, falle bod hwnna ddim cweit yn iawn i ddechre. Am sbel ar ôl i fi adael gatre, bob tro ro'n i'n gweld Andrew ro'n i'n gweld Dad. Ac wrth weld Dad yn 'y mrawd, ro'n i'n gweld y golled, gweld yr hunllef. Gweld ddoe, trais a rhwyg. O'n i'n gwbod bod angen symud o'r fan'na. Ond fe wnaeth e gymryd amser hir iawn, iawn i fi ddechre gwneud hynny, a sa i'n gwbod yw'r broses wedi dod i ben yn llwyr heddi hyd yn oed.'

'Matt, ble yffach ma dechre iacháu clwyfau fel 'na? O'dd dy frawd yn synhwyro'r agwedd yna yn dod oddi wrthot ti? Fi'n siŵr ei fod e'n gwbod nad o'dd pethe'n iawn rhyngoch chi, ond o'dd e'n deall ergyd lawn dy deimlade di?'

'Sa i'n gwbod, a dweud y gwir. Ro'dd y teimlade'n dod mas o bryd i'w gilydd. Buodd lot o gwmpo mas. Sawl sgwrs fach ddigon bywiog. Ond 'sda fi ddim cof o ddweud gormod o bethe personol cas wrtho fe. Falle 'nes i gwpwl o weithie, pwy a ŵyr?'

''Scuse me, mate, you got a light?'

Llais lleol, yn torri ar draws y dwyster yn gwbl ddisymwth.

'No, sorry,' meddai'r ddau yn un.

Manteisiodd Matthew ar y cyfle i agor ffenest ar y sgwrs am ychydig. 'Torrodd hwnna ar draws pethe'n ddigon sydyn, do fe?'

Cynigiwyd cyfle arall i anadlu. Aeth Matthew at y bar a gofyn am ddiod arall yr un iddyn nhw. Ceisiodd y llanc a weithiai y tu ôl i'r bar godi sgwrs ag e, ond gwaith anodd i Matthew oedd chwilio am unrhyw frwdfrydedd i chwarae rhan ystyrlon yn y fath sgwrs. Llwyddodd i drafod hynt a helynt Man U yr wythnos honno cyn dianc yn ôl i loches Susan.

'Dechreuest ti weud taw'r streic o'dd wedi dod rhyngddoch chi fel dau frawd. Ond stopies ti. O's rhagor i ddweud, Matt?'

'Ti'n 'i gweld hi'n rhwydd siarad am hyn, Susan?'

'Odw, Matt. Sa i'n siŵr pam, a bod yn onest. A fi ddim yn synnu bo ti'n gofyn y cwestiwn 'na chwaith. Mae'n syndod i feddwl bo ni'n siarad fel hyn 'da'n gilydd, ma rhaid i fi weud. Ond dyw e ddim yn teimlo'n od.'

Cydiodd yn ei law unwaith eto gyda thynerwch cadarn. Roedd gwres ei dwylo wedi cysuro Matthew gryn dipyn ond yn awr daeth â theimladau estron i'w ran unwaith yn rhagor. Doedd e'n dal ddim yn barod i'w croesawu.

'Ma 'da'r streic ran bwysig i'w whare yn y ffordd ma perthynas Andrew a fi wedi datblygu neu ddim wedi datblygu. Ma 'da ni'n dou agwedd gwbl wahanol ynglŷn â shwd ma wynebu'r dyfodol ar ôl yr hyn ddigwyddodd.'

'Ocê, mla'n â ti.'

'Wel, yn un peth, dyw e ddim yn lico'r ffaith bo 'da fi deimlade go gryf. Dw i'n dadle bod rhai o arweinwyr y streic yn gwbod y bydde "damwain" yn siŵr o ddigwydd.'

'Wow, ma hwnna'n ddweud mawr, Matt.'

'Ro'dd e'n rhan o gynllwyn rhywun a sa i'n siŵr ai'r glowyr neu Maggie o'dd y tu cefen iddo fe. Shwd arall o'dd y bois yn gwbod ble i fod a pryd, gwêd? Pam cymryd cam mor drastig â hwnna yn enw streic? Beth bynnag, ma Andrew'n meddwl nad oes pwynt meddwl fel'na a bod ishe rhoi theorïau o'r fath i'r naill ochor.'

'So, falle fod glowyr Pantglas yn iawn, yn ôl dy ffordd di o ddadle, i weud taw buddugoliaeth yn erbyn y glowyr o'dd y ddedfryd yn y llys, ac nid cyfiawnder. 'Na be ti'n gweud? A bod Tony a'i debyg yn anghywir?'

'Sa i'n siŵr erbyn hyn. Codi'r ddadl 'na 'nes i i ddangos shwd o'dd Andrew a fi'n gweld pethe mor wahanol.'

'Ond gweld pethe'n wahanol yw hwnna, 'na i gyd. Pam cwmpo mas mor gas?'

'Wel, be 'sen i'n trio rhoi syniad i ti o'r sgwrs ddiwetha geson ni'n dau, gei di itha syniad wedyn o shwd ma pethe. Ro'dd y ffaith ei fod e'n mynnu sôn am symud mla'n wedi 'nghorddi fi ac fe golles i hi yn y diwedd pan wedodd e na fydde dim byd yn dod â Dad 'nôl. Os do fe, collais i hi'n llwyr. "Ma hi'n rhwydd i ti weud 'na'r bastard. 'Nest ti erioed gwrdd â fe!" 'Na'r trobwynt, mewn gwirionedd. Daeth e 'nôl ata i wedyn, yn dweud ei fod e'n gwbod 'na'n well na fi ac y bydde'n rhaid iddo fe fyw 'da hynny trwy 'i fywyd. Byw 'da'r ffaith na fydde fe byth yn nabod 'i dad am iddo gael ei ladd wrth wneud ei waith, ei ladd wrth ymladd rhyfel rhywun arall. Ti'n gwbod beth, Susan, ma rhywbeth yn ddwfn iawn tu fewn i fi yn deall hwnna i gyd. Ond wedyn aeth e mla'n i sôn am wynebu'r dyfodol, a 'na lle r'yn ni'n gwahanu unwaith eto.'

'Matt, falle fod pethe wedi mynd yn gymhleth iawn rhyngoch chi, ond dou frawd 'ych chi yn y diwedd o hyd. Sdim modd i'r groth eich uno chi, er gwaetha pob rhwyg?'

'Ma'r gwaed rhyngddon ni'n rhy drwchus, Susan. Mae'n wal erbyn hyn, yn ein gwahanu ni yn lle ein cysylltu.'

Cydiodd Susan yn ei diod ac edrych o gwmpas y dafarn. Roedd hi'n ddigon siabi mewn gwirionedd, ac roedd angen gwario arni er mwyn ei gwella. Os oedd rhai'n credu nad oedd balchder mewn trefi fel Merthyr mwyach, doedden nhw ddim wedi sylwi ar y brics a'r mortar a gweld eu bod yn arwydd o hynny.

'Ond sdim ishe gadael i'r clwyf reoli dy fywyd, Matt. Ma ffordd i'w wynebu e. Ma dy fywyd di gymaint mwy na'r poen erbyn hyn.'

'Ma Andrew'n gweld lot o bethe y dylen i gydio ynddyn nhw mewn ffordd bositif, lot o bethe da yng nghanol yr holl frwydro hyll fuodd trwy gydol y flwyddyn honno.'

'Matthew, edrych ar y ffordd da'th pawb at 'i gilydd yn ystod y streic, nid jyst y glowyr ond pob math o bobol eraill dda'th yn gefn iddyn nhw. 'Na ti'r bobol hoyw. Pwy yffach fydde'n meddwl y bydden nhw'n uno i gefnogi safiad y glowyr? Fyddet ti byth wedi dychmygu hynny. Ond o' nhw 'na! Ma hwnna'n gweud lot, Matt.

'Da'th lot o'r pleidiau gwleidyddol at ei gilydd am y tro cynta hefyd, yn ôl beth fi'n deall. Sori i sôn am ei enw fe eto, ond ro'dd Tony'n mynnu y bydden ni wedi ca'l canlyniad gwahanol yn Refferendwm '79 'se hwnna wedi digwydd ar ôl y streic ac nid bum mlynedd cynt. Na'th hwnna fi feddwl, galla i weud wrthot ti…'

'Ond nid dyna'r pwynt!'

Roedd Susan wedi croesi'r llinell a doedd Matthew ddim yn hapus.

'Sori, Matt, fi'n sori. Ond pam ma hwnna'n corddi ti cymaint, gwêd? Ma Andrew wedi gorfod byw heb dad, cofia, fel ti. O leia gest ti ei nabod e am dipyn. So ti'n meddwl bo hwnna'n rhywbeth i feddwl amdano fe?'

'Ond ma fe fel 'se Andrew'n meddwl mwy am y pethe positif dda'th mas o'r streic yn hytrach na cholli Dad. Falle taw yn nwylo dau löwr roedd y brics a'r concrit, ond grym y farchnad daflodd y blocyn at gar Dad ac mae enwau Scargill a Thatcher yn amlwg yn y trais. A pan ma'r brawd bach yn sôn am fadde, wel, ma fe 'ngwylltio i. Crap llwyr!'

Pwyllodd Susan cyn ymateb. Daethai'n fwyfwy amlwg nad oedd diben rhoi unrhyw beth a fyddai'n cael ei weld yn rhwystr yn ffordd Matthew. Penderfynodd taw newid cyfeiriad oedd y peth doeth i'w wneud, a mentro i dir roedd hi'n sicr yn fwy cyfarwydd ag e.

'Ti'n beio Duw am beth ddigwyddodd i dy dad?'

'Nag'w, na Elvis chwaith!'

Roedd cwestiwn newydd Susan yn amlwg wedi gweithio, a Matthew'n ceisio ysgafnhau'r awyrgylch rywfaint gyda'i ymateb.

'Beth yw'r pwynt beio Duw? Beth o'dd e fod i neud i stopo beth ddigwyddodd i Dad? Estyn ei law mas i ddal y blocyn cyn ei fod e'n taro'r car? Rhoi ei law ar fonet car Dad i stopio fe fynd at y bont yn y lle cynta? Beth yw'r pwynt beio Duw pan mae'n gwbl amlwg taw Scargill a Thatcher sydd ar fai?'

'Wel, fi'n cytuno 'da ti fan'na, Matt, dim problem!'

'Ond ma 'na fai ar bobol am bethe ma nhw'n gwneud, Susan. Ma bai ar ddau foi am gymryd bywyd tad a gŵr jyst achos bo nhw mas ar streic. Ro'dd y streic yn iawn, falle, ond ro'dd y lladd yn gwbl anghywir.'

Roedd y sgwrs yn prysur gyrraedd man lle na fyddai posib ei datblygu ymhellach, ond roedd dealltwriaeth newydd rhwng y ddau bellach.

10

Ugain mlynedd wedi'r streic:
Radio

Tynnodd Diane y drws ffrynt y tu ôl iddi a cherdded i lawr y grisiau serth a arweiniai at yr hewl o flaen y tŷ. Yn y car, roedd Matthew'n aros am ei fam, ac yntau'n barod ers peth amser.

'Ti ishe i fi ddrifo, Matthew? Ti moyn i fi fod yn chauffeur i ti i dy fywyd newydd?'

'Ocê, Mam, os bydd hwnna'n cadw ti'n hapus!'

Roedd yn ddigon balch bod ei fam wedi cynnig, mewn gwirionedd, a setlodd yn gyfforddus yn sedd ochr chwith y car.

Wedi i'w fam wisgo ei gwregys, trodd Matthew rhyw fymryn er mwyn codi llaw a dweud un ffarwél arall wrth ei fam-gu, a safai yn ffenest y stafell ffrynt. Dychwelodd hithau ei gyfarchiad, gyda rhyw dristwch hiraethus yn ei llygaid, ac fe gododd Diane ei llaw hithau arni hefyd.

'Ti'n iawn?' gofynnodd y fam.

'Iawn,' oedd ateb Matthew wrth roi CD i mewn yn ei le priodol, ac fe ddechreuodd nodau cyntaf un o dracs John Cale dreiddio drwy'r car.

'Ma'r swydd newydd 'ma'n swnio'n egseiting, Matthew. Tria dy ore, 'nei di?'

'Fi'n edrych mla'n, Mam, fi jyst ddim yn lico'r ffys.'

'Ti ddim yn lico'r ffys, wir! Pwy o'dd â'r sŵn mwya pan ges di'r job yn y lle cynta? Ishe dweud wrth y byd a'r betws ei fod e'n mynd i weithio yn yr Alban, os o't ti'n nabod y bobol neu beidio!

A neud yn siŵr bod pawb yn gwybod taw at Charlie Burgess rwyt ti'n mynd i weithio hefyd. Fe, o bawb! Ddim yn lico ffys, wir!'

Doedd dim ateb gan Matthew, a rhoddodd ei ben yn ôl a gwrando ar y gerddoriaeth ar y daith. Wedi peth amser, torrodd Diane ar eu tawelwch.

'Sdim byd arall 'da ti, Matthew? Bydde fe'n ocê gwrando ar hwn 'se ni'n mynd i Tesco ond ma siwrne hir o'n bla'n ni. Af fi'n ynfyd os bydd yn rhaid i fi wrando ar hwn yr holl ffordd i Gaerdydd – ne' bydda i'n hollol depressed!'

'Ocê, Mam, ti wedi gwneud dy bwynt! Ma'r Bee Gees 'da fi, Meic Stevens, Eagles, Catatonia. Sori, does dim Michael Bublé 'da fi!'

Ceisiodd Matthew restru'r CDs yr oedd yn credu y byddai ei fam yn eu hoffi. Wrth iddo wneud hynny, roedd ei fam wedi dechrau chwilio yn y silff yn y drws ar ei hochr hi er mwyn gweld pa ddisgiau oedd yno.

'Sdim byd fan'na, Mam,' cynigiodd Matthew'n gyflym.

'Beth sy o dy fla'n di fan'na, o's rhywbeth fan'na?'

'Na,' meddai Matthew'n bendant.

'Ffordd 'yt ti'n gwbod heb edrych, gwd boi? Twla bip.'

Yn betrusgar, agorodd Matthew gaead y blwch o'i flaen a chydio mewn ambell CD. Wedi darllen yr ochrau'n frysiog, dywedodd wrth ei fam nad oedd dim byd yno chwaith a fyddai wrth ei dant hi.

'Pwy yffach yw'r bobol 'ma ti'n lico? Sa i'n gwbod shwd fath o stwff ma enwe mor od â rhain yn gallu troi mas. Beth yw hwnna ar yr ochor man'na, Matthew, yr un du a gwyrdd? Ife Roger Waters ma fe'n gweud? Wel, ie hefyd. Ma'r enw 'na'n gyfarwydd. Nag o'dd e yn un o'r bandiau mawr, Moody Blues ne' Yes ne' rywun tebyg?'

'Pink Floyd, Mam. Ro'dd e'n un o'r rhai ddechreuodd y band 'nôl yn y chwedegau.'

'O ie, fi'n cofio nawr! Ro'dd dy dad yn lico Pink Floyd, wel, yn y saithdegau beth bynnag. "Shine On You Crazy Diamond" – ife 'na beth o'dd enw'r gân 'na gyda'r sexy sax ynddo fe? O'n i'n lico'r darn 'na!'

'Wel, wel, Mam… ma tast 'da ti wedi'r cyfan!'

Ymlaciodd Matthew rywfaint wrth glywed sylw ei fam, yn rhannol oherwydd bod ganddo wir ddiddordeb yn yr hyn roedd hi wedi'i ddweud ac yn rhannol am ei fod wedi tynnu ei sylw hi oddi ar y CD a sbardunodd y sgwrs yn y lle cyntaf.

'Ma tast da iawn 'da fi. O ble ti'n credu gest ti dy dast 'te? Y?'

Wrth iddi siarad, sylweddolodd nad oedd hi'n canolbwyntio ar y ffordd o'i blaen a bu bron â methu tro ar y gylchfan. Tynnodd y car i'r naill ochr yn sydyn er mwyn unioni ei cham.

'Stica di at y drifo nawr, Mam, a gad y CDs i fi!'

'Beth nele dy dad o dy jobyn newydd di, Matthew? Beth ti'n credu?'

Codwyd y cwestiwn droeon ers i Matthew gael gwybod am ei waith newydd ac roedd wedi bod yn fwy amlwg byth ym meddyliau'r ddau y diwrnod hwnnw. Ond doedd yr un ohonyn nhw wedi torri gair ynglŷn â'r peth tan i Diane fentro.

'A mwy na hynny, Matthew, beth bydde fe'n gweud 'sa fe'n gwybod i bwy ti'n gweithio?'

'Bydde fe'n hapus iawn i wybod bo fi'n gweithio 'da ceir.'

'Gelli di neud hynny yng Nghaerdydd. Ma digon o garejys fan'na heb bo ti'n gorfod dewis mynd i'r Alban.'

Dyna'r agosaf y daeth Diane at ddangos unrhyw amheuaeth ac anfodlonrwydd ynglŷn â dewis diweddaraf ei mab. Synnwyd Matthew gan ei sylw, yn enwedig ar y diwrnod pan oedd yn ffarwelio â hi er mwyn dechrau bywyd newydd.

'Mam, ti'n gwbod bod hwn yn gyfle rhy dda i fi golli.'

Dyna'r cyfan fuodd rhyngddyn nhw ynglŷn â'i benderfyniad. Sylw byr. Sgwrs fer.

Aethant ymlaen â'u taith gan adael cyrion Merthyr a throi at Gaerdydd, a phentref Aberfan i'r chwith oddi tanyn nhw.

'Beth yw'r CD Roger Waters 'na 'te? 'Nest ti ddim gweud wedyn.'

''Nest ti ddim gofyn, Mam,' meddai Matthew, gan obeithio y byddai ei ddifaterwch yn diffodd chwilfrydedd ei fam. Manteisiodd ar ei wybodaeth ddaearyddol yr eiliad honno.

'Ti'n gwbod taw'r hewl 'ma o'dd y darn o hewl druta ym Mhrydain pan gas e ei adeiladu?'

'O, pam 'ny 'te?'

'Fe wnaethon nhw ddod o hyd i lwyth o byllau glo bach o'dd ddim i'w gweld ar y mapiau, so o'dd lot o ailwneud y cynllunie. A stori arall yw fod y cwmni wnaeth yr hewl wedi ca'l gorchymyn pendant i beidio â neud gormod o ffys yn Aberfan.'

'Beth 'yt ti'n feddwl?' Roedd ei fam wedi cydio yn yr abwyd.

'Os edrychi di 'nôl yn y drych, ma'r hewl yn mynd i un cyfeiriad a wedyn, pan ma fe'n cyrraedd Aberfan, mae'n codi lan uwchben y pentre er mwyn mynd rownd iddo fe yn lle torri trwy'r top fel ro'n nhw am wneud yn y lle cynta.'

'Rhoi llonydd i bobol Aberfan, ti'n meddwl?'

''Na'r stori, Mam.'

'Wel, wel,' meddai Diane yn dawel, gan edrych yn ôl yn nrych y car bob rhyw ddeg eiliad er mwyn gweld a oedd y theori'n gwneud synnwyr. Doedd hi erioed wedi breuddwydio y byddai datblygwyr yn meddwl fel'na.

'Ti'n edrych ymlaen at weld Lloyd, Matthew?'

'Beth ma fe fel y dyddie 'ma, Mam?'

'Hen, Matthew, hen, ond o gwmpas 'i bethe. Smo ti wedi gweld e ers sbel nawr, wyt ti? Aros di nes bod e'n deall dy fod ti'n mynd i weithio i deulu Bute! Caiff e haint!'

'Fi'n edrych mla'n i' weld e. Bydd e'n neis cael chat 'da fe. Ma rhywbeth newydd yn dod mas bob tro.'

'Bydd rhywbeth newydd yn dod mas tro 'ma yn sicr, pan fydd e'n clywed yr enw Bute, cred ti fi!'

Doedd Diane ddim am ollwng gafael.

'Dyw e ddim yn cario'r teitl nawr, Mam. Falle fydd Lloyd ddim yn gwbod pwy yw e os taw dim ond yr enw Charlie Burgess y bydd e'n ei glywed. So gobeithio na fydd neb yn cyfeirio at enw'r teulu, on'd tyfe, Mam?'

'Ocê, point taken, Matthew bach. Fi'n addo peidio â dweud dim am 'ny.'

'Good!'

'Wel, fe dria i 'ngore ta beth!'

'Mam, plis!'

'Poeni ti, Matthew, paid â becso. Bydd e'n llawn straeon fel arfer, siŵr o fod, a fydd dim cyfle 'da ni i ddweud gormod. Byw mewn gobaith, ife Matthew?'

'Fi'n dwlu ar ei straeon e, wastad. Sdim straeon trwm 'da fe o gwbl, ma nhw'n llawn lliw, ond ma fe bob amser yn neud i ti feddwl yn wahanol, on'd yw e? Sdim lot yn gallu neud 'na.'

'Pa straeon ges di tro diwetha 'te, ti'n cofio?'

'Odw – Lloyd y ffilm star, creda fe ne' beidio!'

'Sa i'n gwbod y stori 'na. O'dd e mewn ffilm ne' beth?'

'Wel, 'na beth o'n i'n meddwl, yn ôl y ffordd wedodd e'r stori tro cynta. Ond da'th e'n amlwg ar ôl sbel taw wncwl iddo fe o'dd yn y ffilm a Lloyd yn trio dwyn peth o'r gogoniant iddo fe'i hunan! Ro'dd e 'da rhyw foi du o America, Paul Robinson ife?'

'Paul Robeson, Matthew.'

'Ie, ta beth, ro'dd e'n neud ffilm a o'dd ishe extras i acto ynddi hi…'

'*Proud Valley* o'dd hwnna, siŵr o fod…'

'Nage, Mam, *Sanders of the River* o'dd e yn ôl Lloyd, fi'n cofio cymaint â hynny. Daeth y cwmni lawr i Tiger Bay i gasto extras a chafodd wncwl Lloyd ei ddewis. Ma fe yn y ffilm – fe a channoedd o bobol dduon eraill o Gaerdydd!'

'Wel, wel, o'n i ddim yn gwbod 'na. Ma'n amlwg bod 'na soft spot 'da fe i ti.'

Roedd Pontypridd yn agosáu ac yna, wrth fynd ar y rhan o'r ffordd a holltai Drefforest a Rhydyfelin, roedd hi'n amlwg fod gweld neuaddau preswyl Prifysgol Morgannwg fel byddin yn dod dros y bryn wedi atgoffa Diane o fyfyrwyr – a myfyrwyr yn eu tro wedi'i hatgoffa o gerddoriaeth, a cherddoriaeth wedi'i hatgoffa o'r cwestiwn a oedd, hyd yma, heb ei ateb. Felly roedd dilyn cadwyn rhesymeg ei fam, tybiai Matthew.

'Y CD 'na, Matthew, beth yw e?'

Doedd ganddo ddim syniad yn y byd pam roedd ei fam mor benderfynol o gael ateb i'w chwestiwn. Roedd fel petai rhywun neu rywbeth yn ei gorfodi i beidio gollwng gafael. Cofiodd Matthew brofi teimladau tebyg pan gwrddodd â Susan am y tro cyntaf. Roedden nhw'n deimladau digon cryf i roi braw iddo ac o ganlyniad roedd yn rhaid iddo ateb y cwestiwn.

'*Radio K.A.O.S.* yw ei enw fe. Y solo CD cynta iddo fe wneud ar ôl gadael Pink Floyd, yn… ym… 1987.'

Roedd mor ffeithiol ag y gallai fod. Ond fe ddaeth y cwestiwn roedd yn ei ofni.

'Beth yw ystyr y "Radio K.A.O.S." 'te?'

Prin iawn fyddai'r bobl a fyddai'n gofyn y fath gwestiwn ynglŷn ag ystyr rhyw albwm neu'i gilydd. Trwy ba lwc bynnag yn y byd, roedd ei fam yn un o'r rhai oedd am wneud hynny, meddyliodd Matthew. Rhoddodd y bai ar ei diddordeb mewn barddoniaeth, naill ai hynny neu ei hoedran.

Doedd y CD ddim i fod yn y car. Collodd ei gopi cyntaf, neu, i fod yn fanwl gywir, roedd ei frawd Andrew wedi mynd ag e. Ond, ar ôl prynu ail gopi pan oedd ym Merthyr gyda Susan, rhoddodd ei fenthyg i ffrind iddo. Roedd newydd ei gael yn ôl er mwyn mynd â'r CD gydag e i'r Alban.

'Ma fe ambwyti'r boi hyn sydd yn lico radios.'

'CD cyfan am rywbeth fel'na? Ti'n jocan.'

Roedd Diane fel ci ag asgwrn. Cydiodd yn y disg a'i roi i mewn yn y peiriant.

'Radio waves. Radio waves. He hears radio waves, radio waves.'

Daeth y geiriau cyntaf ati a chadarnhau'r hyn roedd ei mab newydd ei ddweud. Ymlaciodd rywfaint a chanolbwyntio unwaith eto ar ei gyrru wrth i'r daith fynd yn ei blaen ac i'r gân gael ei chwarae. Eisteddai Matthew yn ansicr o nerfus wrth ei hochr, heb wybod am ba hyd y byddai ei fam yn parhau i wrando ar y disg. Doedd dim byd y gallai ei wneud ond aros a gobeithio.

Trodd ystadau diwydiannol a masnach cyrion Pontypridd yn faestrefi cyntaf cyrion Caerdydd a syllai Castell Coch i lawr arnyn nhw a phawb arall ar wythïen yr A470.

'You are listening to K.A.O.S. in Los Angeles and we've got Billy on the line.'

Roedd y gân gyntaf yn tynnu tua'i therfyn.

'Billy: I'm from the Valleys.

Jim: You're from the valley?

Billy: No, Jim you schmuck, the Valleys; male voice choirs, Wales.'

Tynnwyd meddyliau Diane yn ôl o'i synfyfyrio gwag, digyfeiriad.

'Ma fe'n sôn am Gymru, Matthew. Pam wedest ti ddim?'

Gwyddai Matthew yn union pam nad oedd e wedi dweud. Oherwydd bod yna fwy o gyfeiriadau a fyddai'n treiddio'n ddyfnach fyth. Fe fyddai yna fwy o gwestiynau. Mwy o loes. Ac fe fyddai hynny'n digwydd yn yr ail gân, a oedd ar fin dechrau.

'O na, ble ma'r cops nawr?' Roedd seirenau un o geir yr heddlu wedi torri ar draws y cyfan.

'Ar y CD, Mam!'

'O, 'na dwp odw i!' chwarddodd yn ysgafn iddi hi ei hun ac i Matthew wrth ei hochr.

'Byddwn ni yng Nghaerdydd mewn dim o amser, Mam.'

'Me and Benny went out last night.'

'Byddwn, paid â becso, Matthew bach.'

'Who needs information…'

'Sa i moyn colli'r trên.'

'… When you're working underground.'

'Hei, ma fe'n sôn am lowyr hefyd! Ma hwn yn swno'n ddiddorol, Matthew! Grêt bod seren roc fel fe'n rhoi sylw i Gymru. Fi'n siŵr nad wyt ti am golli'r trên ond dw i'n fwy siŵr byth nad wyt ti am golli Susan.'

'Benny climbed up on a footbridge.'

'Fi'n rili edrych mla'n i'w gweld hi 'to.'

Dangosodd fwy o'i deimladau nag y byddai wedi'i wneud fel arfer ac roedd yn siarad dipyn yn gynt nag roedd wedi gwneud hyd hynny ar y daith. Roedd mwy o fywyd yn ei eiriau. Roedd mwy nag un sgwrs yn troi yn ei ben hefyd – yr un yr oedd am ei chael a'r un yr oedd yn ei chanol.

'Are they coming yet?'

'Dw i ddim wedi'i gweld hi ers sbel nawr.' Matthew eto, yn llanw bylchau cyn eu bod nhw'n cael amser i ffurfio.

'Just give me confirmation there's some way out of here.'

Bu'r ddau'n dawel am sbel.

'Ro'dd e'n od ffordd 'nes i gwrdd â hi, ond do'dd e, yng nghanol records Elvis?'

'Pam o't ti'n eu canol nhw yn y lle cynta, sa i'n gwbod, Matthew. O't ti'n rhoi amser digon caled i dy dad am eu lico nhw!'

'Forgive me, Father, for I have sinned, it was either me or him.'

'Jyst checo trwy rai o hen stwff Dad o'n i, 'na gyd, i weld beth o'n i'n cofio. A 'na lle o'dd hi, wrth 'yn ysgwydd i.'

'Forgive me, Father

Welsh Policeman: Mobile one two to central

For I have sinned.

Welsh Policeman: We have a multiple on the A465 between Cwmbran and Cylgoch.

Father, it was either me or him.

Father, can we turn back the clock?

Welsh Policeman: Ambulance, over.

I never meant to drop the concrete block.

Welsh Policeman: Roger central, over and out.'

Roedd amser yn aros fel petai wedi rhewi uwchben y car ac arwyddocâd y geiriau'n pwyso'n drwm ar y ddau y tu fewn i'r cerbyd. Roedd yna dawelwch trwchus:

'I never meant to drop the concrete block.'

Geiriau'n troi a throi a throi yn y meddwl. Ac yn y galon.

'I never meant to drop the concrete block.'

Dau feddwl, dwy galon. Yr un teimladau.

'I never meant to drop the concrete block.'

Wedi ysbaid a oedd yn teimlo'n hir iawn, Diane oedd yr un a dorrodd y geiriau cyntaf.

'Ers pryd, Matthew?'

Doedd dim oedi na llenwi bylchau nawr. Dim ymgais i guddio teimladau na'r gwirionedd.

'Ers sbel, Mam.'

'Pam?'

Gair byr. Yr un gair roedd Matthew wedi ofni y byddai ei fam yn ei ofyn ar ddechrau'r daith. Ond roedd yn dal yr un mor amharod i ateb y cwestiwn. Roedd yna arwyddocâd i'r foment honno a oedd yn treiddio'n ddwfn i'r gwaed a rennid gan y ddau ar daith i dir newydd gyda'i gilydd.

'Beth o'n i fod neud, Mam? Dod atat ti amser brecwast un bore a gweud, "O, edrych, ma 'da fi CD sydd yn sôn shwd gas Dad 'i ladd"?'

Er gwaetha'r amser hir a dreuliodd yn ystyried gorfod ei ddweud, roedd yr ateb yn y diwedd yn un trwsgl, lletchwith a hyd yn oed ansensitif.

Ac roedd ei fam wedi teimlo hynny. Ni ddangosodd hynny drwy ei geiriau ond, yn hytrach, trwy ei diffyg geiriau. Roedd ei thawelwch yn fwy huawdl na dim. Heb amheuaeth, teimlai Matthew ddryswch ei phoen. Profodd oerfel yr ing. Clywodd ddryswch ei chwestiynau cyn iddyn nhw weld golau dydd a hynny am un rheswm amlwg. Ei phoen hi oedd ei boen yntau.

'Matthew, ers pryd wyt ti'n gwbod?'

'Pa wahaniaeth ma hynny'n ei wneud, Mam?'

'Achos bod hwn i gyd yn codi crachen sydd wedi bod yn gorwedd yn llonydd am flynyddoedd, Matthew, ac achos taw ti sydd wedi'i chodi hi! Shwd gallet ti, Matthew? Yn y misoedd cynta ar ôl i dy dad gael ei ladd, roedd y cwestiynau'n dod gan bawb. Cwestiynau gan bobol oedd yn meddwl am fy lles i yn benna, er bod 'na rai oedd yn gofyn er mwyn gofyn, wrth gwrs. Ro'dd hynny i'w ddisgwyl, falle, ar ôl stori mor gyhoeddus. Ond erbyn heddi? Ma gwahaniaeth rhwng delio â cholled ac ail-fyw'r digwyddiad, Matthew bach.'

'Ie, ocê, Mam, fi'n deall. Paid â rhoi amser mor galed i fi. Sa i wedi neud dim o'i le. Nid fi sgrifennodd y CD. Fi'n gwbod amdano fe, odw, ond meddwl amdanat ti, Mam, o'n i, ddim ishe rhoi loes i ti.'

'O'dd e'n dy helpu di, Matthew?'

'O'dd beth yn helpu fi?'

'Y CD, i ddechre.'

'O'dd, Mam, a dweud y gwir. Gwbod bod y stori wedi cydio yn rhywun arall, wedi cyffwrdd â rhywun dieithr. Wel, ro'dd e'n neud i fi deimlo, mewn ffordd, fod 'na bwrpas...'

'Paid byth ag awgrymu shwd beth, Matthew! Doedd dim pwrpas. Dim rheswm na chyfiawnhad chwaith.'

'Mam, 'nes i ddim dweud bod cyfiawnhad i beth ddigwyddodd i Dad. Dw i ddim ishe dechre swno fel Andrew a sôn am symud mla'n a rhyw stwff fel'na.'

Tro Matthew oedd hi i deimlo'r loes yn awr.

'Jyst dweud 'i fod e wedi rhoi rhywfaint o foddhad i fi wybod bod rhywun fel fe wedi'i gyffwrdd ddigon i sgrifennu am y peth.'

'Wel pam, os o'dd e'n gymaint o help i ti, 'nest di gadw fe i ti dy hunan, cadw fe oddi wrtha i? Dwêd. Dwêd wrtha i, Matthew! Fi yw dy fam di, cofia!'

Gwelodd Matthew hi'n cael ail wynt amlwg a gwyddai fod mwy i ddod.

'A beth am Andrew? Ble ma dy frawd yn hyn i gyd? Er, wedi dweud hynny, go brin bod e'n gwbod a chi'ch dou ddim wedi torri gair â'ch gilydd ers amser hir. Tybed beth bydde fe'n meddwl?'

Roedd gyrru'r car wedi troi'n ail ystyriaeth erbyn hyn, yn weithred fecanyddol. Roedd penbleth amlwg yn llygaid Diane, dryswch yn corddi yn y glas, ac ambell ddeigryn yn dechrau crynhoi yng nghornel colur y ddwy lygaid.

Tawel oedd Matthew, clawr y CD yn ei law a'i lygaid yn edrych yn syth o'i flaen ar olygfeydd o'r brifddinas yn cael eu taflu i'w wyneb ddeugain milltir yr awr.

'Beth am stopio i gael paned, Mam?'

Deallodd hithau arwyddocâd cwrteisi ystyrlon ei mab.

'Ie, gwell gwneud. Saffach na fi'n ishte y tu ôl i'r olwyn 'ma.'

Trodd gweddill y siwrnai yn un ystafell aros hir. Y ddau heb yr un apwyntiad ond yn gwybod bod yr anochel yn mynd i ddigwydd.

Llusgodd yr amser wrth i Diane a Matthew gyrraedd cyfnewidfa Gabalfa a hedfan ar y ffordd uwch gan adael Ysbyty'r Brifysgol ac yna Eglwys Sant Marc y tu ôl iddyn nhw ar y ffordd brysur i mewn i ganol y ddinas. Cartre'r lleianod Pabyddol. Capel y Bedyddwyr. Garej gwerthu ceir Almaenig eithriadol o ddrud ac arwyddion i bwll nofio a barics Maendy.

Y cyfan cyn gweld tafarn newydd ar y llaw dde. Symudodd

Diane i'r lôn gywir, gwneud yr arwydd priodol, croesi lôn y ceir a oedd yn gadael y ddinas ac i mewn i faes parcio'r dafarn.

Roedd yr ochenaid o ryddhad a rannodd y ddau wrth i'r car ddod i aros yn ei unfan yn un y gellid ei chyffwrdd. Pwy a ildiai yn gyntaf i'r pwysau?

Eisteddodd Matthew yn dawel gan edrych ar glawr y CD yn ddi-baid, a llinell gyntaf nodiadau llyfryn y disg yn neidio ac yn dawnsio o flaen ei lygaid.

'Benny is a Welsh miner. A Welsh miner. Welsh. Miner. Benny is a Welsh miner.'

Y geiriau'n disgyn i'w feddwl fesul un, a churiad drwm a sŵn seiren heddlu'n gyfeiliant. Ac o dan y cyfan, curiad calon ac atgof. Llun o'i dad yn ei godi ar ei ysgwyddau pan oedd e'n fach, yr union lun a welwyd ar dudalennau blaen y papurau dyddiol am ddyddiau di-ben-draw. Llun teulu. Stori papur newydd. Tad a mab. Llun o'r dyn a gawsai ei ladd yn cario'i fab. Trasiedi. Newyddion.

'I never meant to drop the concrete block.'

Clywai ei feddyliau'n taro yn ei ben fel morthwyl cloch. Fi oedd yn y llun. Cafodd y llun ei dynnu pan aeth Dad â fi i'r ffair yn y Barri. Rownd a rownd, lan a lawr, a gweld dim byd ond yr awyr. Gweld pobl fel morgrug a llinellau o olau yn gwibio heibio. Clywed sgrech y merched yn mwynhau'r cynnwrf. Teimlo'r stumog yn troi a breichiau Dad yn gafael yn dynn am fy ysgwyddau wrth i mi droedio ar dir cadarn unwaith eto. Teimlo'i falchder a'i freichiau yn fy nghodi i'r awyr fel rhyw arwr rygbi i dderbyn cymeradwyaeth y dorf. A rhywun, pwy bynnag oedd hi, yn cynnig tynnu llun i gadw'r foment bersonol honno am byth.

'I never meant to drop the concrete block.'

Roedd Diane wedi drysu'n llwyr. Roedd y corddi a ddigwyddodd pan dorrodd y storm am y tro cyntaf wedi tewi ers blynyddoedd. Daethai rhyw fath o dawelwch aflonydd yn ôl i'r teulu am gryn gyfnod wedyn. Aeth bywyd yn ei flaen. Matthew a'i frawd a hi. Y tri yn un. Ond dyma lle roedd hi nawr, yn y car gyda'i mab hynaf, wedi clywed cân gan ddieithryn yn disgrifio sut y bu ei gŵr farw flynyddoedd ynghynt. Pobl yn prynu ei dioddefaint a'i thristwch dros y cownter ac yn eu cario i'r stryd fawr mewn cwdyn plastig. A'i mab yn gwybod.

'How'd you make a have out of a have not?'

Eisteddai'n fud yn y car, ei hwyneb yn un cwlwm o deimladau a'i chalon yn curo dan bwysau.

'Sut 'yt ti'n teimlo nawr?' Y fam oedd gyntaf i fentro torri ar y tawelwch.

'Yn flin. Yn flin 'mod i wedi rhoi lo's i ti, Mam. Ond…' oedodd am eiliad cyn ychwanegu, 'ond… ro'dd yn rhaid i fi ddelio 'da fe hefyd.'

'Ond, Matthew, ac o's, ma "ond" 'da fi hefyd, ma clawr y disg 'ma'n gweud bod e wedi dod mas yn 1987 – llai na thair blynedd ar ôl i dy dad farw, bron ugain mlynedd yn ôl!'

'How'd you make a have out of a have not?'

'Faint o amser gymerodd e i ti ddeall bod y fath beth â *Radio K.A.O.S.*?'

Pwysleisiodd Diane bob llythyren o deitl y disg gyda phendantrwydd bwriadol.

'Pa mor hir ar ôl hynny ges di afael ynddo fe? Dwêd wrtha i, Matthew!'

Roedd yna dinc byrbwyll, trist yn ei chwestiwn olaf, a'i hamynedd yn mynd a dod.

'Pa wahaniaeth ma fe'n neud, Mam? Mae'n amlwg bo fi'n gwbod cyn chi. Ma'r drwg wedi'i neud, on'd yw e?'

Edrychodd Diane ar ei mab, a'i llygaid yn hoelio'i sylw arno am amser hir. Creu synnwyr o ddryswch. Gwahanu rheswm a theimladau. Clywed cwestiynau heb fod yn siŵr a oedd yna atebion iddyn nhw, neu a oedd hi am eu clywed mewn gwirionedd.

'Shwd dest ti i wbod am hwn? Mae'n bwysig bo fi'n gwbod, Matthew.'

'Ma côr yn canu ar y disg, côr meibion o dde Cymru, ac roedd mab un o fois y côr gyda fi yn coleg.'

Ceisiodd Matthew wneud i'w ateb swnio mor syml â phosib, heb fod yn or-deimladwy.

'Coleg! Mor bell 'nôl â hynny!'

Wrth iddi ofyn ei chwestiynau, chwiliai Diane yn ffrantig drwy lyfryn y disg am gofnod o'r cyfranwyr, ac fe ddaeth o hyd iddo.

'Côr o dde Cymru! Glowyr yn y côr, mae'n siŵr. Glowyr yn canu am löwr yn taflu concrit at ddyn priod oedd yn gyrru ei dacsi…'

'Mam!'

Doedd dim stop ar Diane nawr.

'Glowyr yn cael eu talu i fod ar ddisg seren roc a dy dad wedi colli 'i fywyd a fi ddim wedi ca'l yr un geiniog i godi ti a dy frawd. Ble o'n nhw y bore 'na yn '84, gwêd? Yn y gwely? Ar y llinell biced yn gweiddi ac yn yfed swp am yn ail wrth dwymo'u dwylo ger y tân o'dd yn llosgi yn yr hen ddrwm olew o'u bla'n? A gartre wedyn i dŷ bach twt!

'Côr meibion! Beth am fy meibion i a gollodd eu tad i ddau fastard o'dd yn meddwl eu bod nhw'n ymladd achos y Brenin Arthur? Blydi côr meibion, wir! Ble ma nhw nawr, Matthew? Ble ma'r bastards nawr?'

Doedd Matthew erioed wedi clywed ei fam yn rhegi fel 'na o'r blaen, a gwyddai taw ofer fyddai unrhyw ymateb ganddo, hyd yn oed petai ganddo ateb.

'Un peth arall, os yw'r CD 'ma 'da ti ers cymaint o amser, mae'n ddigon posib bod dy frawd yn gwybod 'te, ody e? Beth 'sda Andrew i' ddweud am hyn i gyd 'te? Ti'n cofio?'

Syrthiai geiriau ei fam ar glustiau Matthew fel bwledi. Roedd hon yn sgwrs ddigon anodd heb orfod cynnwys cymhlethdod ei berthynas â'i frawd, meddyliodd. Ond doedd dim modd cadw'r meddyliau hyn o dan glo.

'Ti'n gwbod fel ma fe, Mam… ffordd ei hunan o feddwl. Dyw e ddim yn ffan mawr o'r CD. Ma fe'n gweld yr holl beth yn un enghraifft arall eto fyth o fi'n byw yn y gorffennol. Aros gyda'r dolur.'

'Dyw hynny ddim yn fy synnu i.'

'Ond nid am yr un rheswm â ti, Mam. Sa i'n credu ei fod e'n becso lot am ail-fyw'r poen. Do'dd e ddim wedi byw'r poen yn y lle cynta, o'dd e…'

'Matthew, ma hwnna'n beth cas i'w weud. Fe a'th e drwy ei boen ei hunan, math o boen naethon ni ddim ei brofi – a sbel ar ôl i ni fynd trwy'n galar ni hefyd, cofia.'

'Ie, ocê, falle do fe. Ond so hwnna'n rhoi'r hawl iddo fe weud wrtha i shwd y dylen i deimlo, ody e? Do'dd dim ots 'da neb shwd o'n i'n teimlo wedi i Andrew bach ddod i'r byd!'

Dechreuodd Diane ysgwyd gan daflu ei phen yn ôl a blaen. Gwnâi ryw sŵn mwmian tawel wrth wneud hynny. Ond doedd yna ddim dagrau. Yn hytrach, sŵn tawel plentyn mewn poen yn siglo i'w chysuro ei hun rhag teimladau a oedd yn rhy ddwfn i ddagrau. Teimlodd ergyd geiriau ei mab hynaf, profodd eu grym wrth i gig a gwaed rwygo cig a gwaed. Roedd ganddi syniad o'r hyn oedd y tu ôl i sylw diwethaf ei mab. Ond yn anffodus, dim ond un ffordd oedd yna i wneud yn siŵr ei bod yn iawn, sef gofyn iddo. Ond doedd hi chwaith ddim am glywed yr ateb. Roedd hi ar groesffordd lle roedd yn gwbl amhosib dewis y ffordd gywir oddi arni. Haws cuddio rhag y gwir na'i wynebu, yn ddigon aml, meddyliodd. Haws oedd gadael i'r bwystfil gysgu.

'Cystal i ti wbod, Mam, cystal i ti glywed gen i yn hytrach na gan Andrew.'

Doedd dim angen iddi benderfynu pa ffordd i'w chymryd. Roedd Matthew wedi gwneud hynny drosti.

'Dyw hyn ddim yn mynd i fod yn rhwydd i ti ond, am ryw

reswm, ma nawr yn teimlo fel yr amser iawn i ddweud wrthot ti. Paid â gofyn pam, 'sda fi ddim cliw. Dw i wedi dod i gasáu Andrew oherwydd y ffordd roeddet ti'n ei drin pan ro'dd e'n fabi ac yn blentyn bach. 'Na'r gwir amdani, Mam.'

'Shwd hynny, Matthew?'

Doedd hi ddim yn barod i ddeall arwyddocâd llawn geiriau ei mab. Ond roedd yr hyn yr oedd wedi dechrau ei ddeall wedi'i tharo'n drwm. Doedd ambell ddeigryn ddim yn bell o'i llygaid, ond byddai eu gollwng yn golygu gollwng gafael ar yr ychydig reolaeth oedd ganddi arni hi ei hun. Doedd ganddi ddim rheolaeth o gwbl ar y sefyllfa roedd hi ynddi.

'Achos taw'r babi newydd gas y sylw i gyd. Y babi newydd gymerodd le Dad mor bell ag ro'n i'n ei gweld hi. 'Nest di roi dy holl egni i godi'r un ddaeth i'r byd 'ma pan na'th Dad ei adael…'

'Matthew, plis paid! Plis paid, Matthew!'

'Ro'dd e fel 'se ti'n edrych ar Andrew ac yn gweld Dad. Shwd ffyc 'yt ti'n meddwl o'dd hwnna'n neud i fi deimlo? Gwêd!'

'Matthew…'

Doedd dim modd dal y dagrau'n ôl erbyn hyn. Roedd Diane yn beichio crio a phoen y blynyddoedd yn treiglo ar hyd ei gruddiau. Eisteddai'r ddau yn un yn eu cwmwl du, stormus, poen Matthew yn fyw ac yn amrwd a Diane yn teimlo poen cyntefig na allai neb ond mam ei ddeall.

'Ti'n beio fi, Matthew? Yn waeth na hynny, ti'n fy nghasáu i?'

Prin i'r geiriau allu cyrraedd ei gwefusau. Oedodd Matthew cyn ateb a doedd y saib ddim yn help i Diane.

'O plis, Matthew, paid dweud dy fod ti. Fi'n flin, mor flin…'

'Na, Mam, dw i ddim yn dy gasáu di. Ond dw i wedi dy feio di. Ac fe 'nes i hynny am sbel, cofia, gan weld bod yr holl beth yn annheg, a'i fod yn faich ychwanegol i fi yn ogystal â cholli

Dad. Ond fi'n credu nawr taw troi'n erbyn Andrew 'nes i, a ddim yn dy erbyn di, am na allen i ddiodde dy golli di a Dad.'

Yn y tawelwch, heb i'r un ohonyn nhw yngan gair, daeth y ddau i sylweddoli eu bod, am y tro cyntaf ers amser hir, yn trafod marwolaeth Steve. Roedd y lladd yn ôl yn eu meddyliau. Mam a mab. Gwraig a mab.

Doedd Matthew ddim yn gwybod lle roedd dechrau ymateb i'w fam, a pha sylw y dylai ei fynegi gyntaf. Mentrodd osgoi emosiwn ac anelu at reswm.

'Mam, paid ypseto dy hunan, plis.'

Rhoddodd ei fraich o'i chwmpas yn dyner a dychwelyd at yr hyn wnaeth gynnau'r sgwrs yn y lle cyntaf.

'O leia ma pobol sy'n prynu'r CD yn gwbod beth ddigwyddodd. Ma fe'n ffordd o wneud yn siŵr nad o's neb yn anghofio Dad. Smo ti'n meddwl?'

Pwysodd Diane ei phen ar ysgwydd ei mab. O'u cwmpas, fe âi traffig y dafarn yn ôl ac ymlaen yn ôl ei arfer, gan ddod i'w casgliadau eu hunain ynglŷn â pham roedd yna ddau yn eistedd ym mreichiau ei gilydd mewn car yn y maes parcio.

Arhosodd y ddau yno am amser hir. Golchodd tonnau tawelwch ac amser drostyn nhw'n araf a thawel, yr halen ambell waith yn pigo'r clwyfau i'r byw a, dro arall, y dŵr yn glanhau ac yn esmwytho.

'Nôl ac ymlaen. I mewn ac allan.

Roedd arwyddion fod y llanw'n troi, a'r iacháu wedi dechrau, ond roedd hi'n rhy gynnar i ddweud hynny gydag unrhyw sicrwydd.

Wrth i Diane anelu'r car tuag at yr orsaf, pwysodd Matthew ei ben yn ôl yn erbyn ei sedd. Teimlai rym angerddol yn golchi drosto. Grym nawr. Roedd yn sylweddoli pa mor bwysig oedd y foment hon iddo yn ei fywyd. Nawr oedd yn bwysig rhyngddo fe a'i fam. Ai dyna'r ateb, gofynnodd iddo'i hun. Ai camgymeriad oedd edrych 'nôl dros ei ysgwydd er mwyn gwneud synnwyr o'r rhwyg a ddigwyddodd iddyn nhw fel teulu? Ai camgymeriad yr un mor enfawr oedd edrych ymlaen am yr un rheswm? Falle wir nad cofio, nid edrych at y gorwel, ond edrych ar y sefyllfa fel yr oedd hi'n bodoli ar y pryd oedd yn bwysig.

Ym maes parcio'r orsaf, eisteddodd y fam a'r mab yn dawel. Ceisiodd Matthew fynegi'r hyn oedd wedi mynd trwy ei feddwl yn ystod eu taith fer o faes parcio'r dafarn.

'Ma rhaid i bethe newid, Mam. Ma raid i fi newid, fi'n credu bo fi'n deall hynny nawr, er nad ydw i'n siŵr shwd ma'n rhaid i'r newid 'na ddigwydd.'

Ar hynny, canodd ffôn symudol Diane i darfu ar yr hyn a oedd yn datblygu rhwng y fam a'r mab. Gwelodd Matthew wyneb ei fam yn disgyn wrth iddi ddeall pwy oedd yno. Doedd ganddi fawr ddim amynedd i ddelio â'r alwad.

'Ie, ocê, fi'n deall be ti ishe. Ma Matthew'n ishte wrth 'yn ochor i nawr. Dal sownd.'

Caeodd ei llaw am y ffôn er mwyn cadw'i llais rhag i'r person oedd yn galw glywed.

'Dylan Evans, y boi radio. Ishe sgwrs 'da ti ynglŷn â dy waith newydd, ac fel ma fe'n galw fe, dy "ddechrau newydd". Ti ishe siarad?'

Roedd sawl blwyddyn bellach ers iddyn nhw gael galwad o'r fath gan Dylan a'i debyg. Cymerodd Matthew'r ffôn o ddwylo'i fam heb ei hateb, a chyfarch Dylan.

'Shwd mae, Dylan? Shwd alla i helpu?'

'Iawn diolch, Matthew, diolch am ddod i'r ffôn. Meddwl o'n i bydde fe'n grêt i ga'l sgwrs 'da ti ynglŷn â mynd i weithio i Marcwis Bute a'r bywyd newydd sydd o dy fla'n… yn enwedig o gofio beth ddigwyddodd i dy dad.'

'Ti'n dal i drio, whare teg i ti, Dylan. Ti fel ci ag asgwrn…'

'Teimlo mwy fel hamster mewn olwyn rhan fwya o'r amser, Matthew!'

'Ha ha! Sdim problem 'da fi ga'l sgwrs 'da ti ond sdim amser 'da fi heddi. Beth am i ti siarad 'da fi ar ôl i fi gyrraedd yr Alban, ac wedi i fi setlo digon i ddechrau deall beth yw beth? Mewn rhyw wythnos, dwêd?'

'Ocê, dim problem. Diolch yn fawr i ti am hwnna. Gofynna i dy fam decstio dy rif i fi ac fe wna i ffonio ti mewn rhyw wythnos. Hwyl i ti, boi, a siwrne saff.'

Edrychodd Diane ar Matthew gan awgrymu'n glir nad oedd hi'n deall pam i'w mab drafferthu cytuno i wneud sgwrs radio. Cofiodd fod y ffôn wedi tarfu ar eu sgwrs ac ailgydiodd yn y llinyn, gan obeithio y byddai'n deall ymateb ei mab i'r cais am gyfweliad yn y broses.

'Fe ddaw pethe'n glir, Matthew bach. Do'dd e ddim yn rhwydd clywed yr hyn 'nes di rannu 'da fi, cofia. Fydde'r un fam yn gallu clywed geiriau fel 'na heb wingo hyd fêr ei hesgyrn. Ond dw i'n dy barchu di am ddweud, ac yn dy garu di am ddweud hefyd, Matthew. Dw i'n dy garu di, Matthew, ti ac Andrew gwmws yr un peth. Do'dd e ddim yn rhwydd i fi fel mam i'r ddau ohonoch 'ych gweld chi benben â'ch gilydd. Cafodd hwnna effaith aruthrol ar fy ngholled i hefyd.'

'Dw i ddim yn credu i fi ddeall hynny, Mam, dw i ddim yn credu i fi ystyried hynny go iawn.'

Edrychodd Matthew ar ei fam. Roedd yna dynerwch yn perthyn i'r edrychiad. Tynerwch a fu'n ddieithr, yn estron hyd yn oed. Trodd oddi wrthi ac edrych o'i gwmpas. Gwelodd Susan ym mhen pella'r maes parcio, yn aros amdano. Roedd ei fam wedi penderfynu drosto nad oedd amser iddo fynd i weld Lloyd cyn dal y trên gan fod eu sgwrs wedi dwyn yr amser hwnnw. Diolch byth, meddyliodd, fod amser ar ôl iddo weld Susan o leiaf.

'Ti ishe fi aros gyda ti, Mam, tan bod fy nhrên yn cyrraedd? Fi'n fwy na bodlon gwneud hynny.'

'Na, Matthew, mae'n ocê. Fi'n gwbod bod rhaid i ti weld

Susan a ma llai o amser gyda ti 'da hi nawr hefyd. So cer. Cer ati hi.'

'Diolch, Mam.'

Daeth y ddau allan o'r car a sefyll yn wynebu ei gilydd, cyn cofleidio'n dynn. Roedd yna undod cynhenid rhwng y ddau gorff. Rhyddhaodd y ddau eu gafael yn ei gilydd yn fwriadol araf, fodfedd wrth fodfedd, cyn i Matthew droi at yr orsaf a thuag at Susan. Dilynodd llygaid Diane lwybr ei mab tan iddo ddiflannu i ochr arall y maes parcio.

Cyn cyrraedd Susan, oedodd Matthew ac ymestyn ei law i'w boced. Safodd yn ei unfan. Gwelodd Susan yn codi ei llaw arno ac yn gwenu'n ddisgwylgar. Edrychodd yn ôl at ei fam a gweld ei hwyneb yn llawn hiraeth, loes a disgwyliadau. Tynnodd ei ffôn o'i boced a chwilio drwy'r rhestr o enwau er mwyn canfod y rhif. Clywodd lais yn ateb yr ochr arall.

'Helô, Andrew? Matthew sy 'ma.'

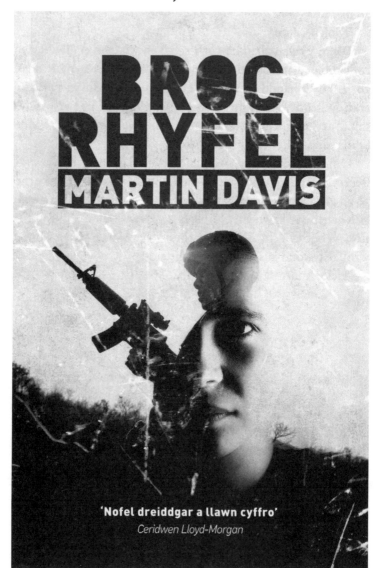

BROC RHYFEL

MARTIN DAVIS

'Nofel dreiddgar a llawn cyffro'
Ceridwen Lloyd-Morgan

£8.95

yLolfa

Y
Cylch
Brith

The Speckled Band

Syr Arthur Conan Doyle

stori gyntaf
Sherlock Holmes
yn y Gymraeg

Addasiad
Eurwyn Pierce Jones

£4.95

Am restr gyflawn o lyfrau'r Lolfa, mynnwch
gopi am ddim o'n catalog
neu hwyliwch i mewn i'n gwefan

www.ylolfa.com

lle gallwch archebu llyfrau ar-lein.

TALYBONT CEREDIGION CYMRU SY24 5HE
ebost ylolfa@ylolfa.com
gwefan www.ylolfa.com
ffôn 01970 832 304
ffacs 832 782